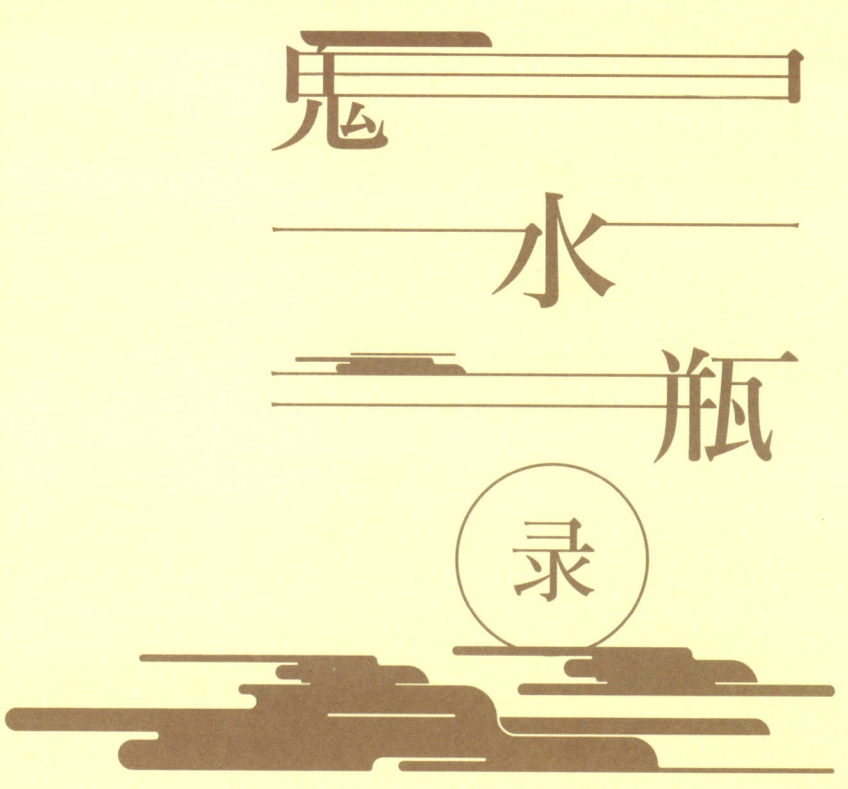

# 鬼水瓶录

陈坤 著

北京出版集团公司
北京十月文艺出版社

东申九歌出品

扫描书中二维码,听陈坤讲《鬼水瓶录》

# 自序

挠头。
挠头,挤挤总会有的。
我坚信。

东申九歌的老总张国辰催我这篇序好久了。
我一直拖。
其实也不是拖,是真写不出来。
自己写了些好玩的小段子,有点儿鬼气,
现在攒起来出本小书,有点儿尴尬。

指缝太宽,时间太瘦,不经意已经拖到了今天。挠头。
装模作样地点了一炷红土沉香,把本子依旧趴在了书桌上,咬着笔头呆呆地坐着。
阳光穿过阳台外飘舞的经幡射过来,有点儿炫目。

背后传来轻轻的脚步声,是赤脚压在木地板上的声音。节奏蛮优雅的,应该是个女人。
我懒得转头去求证。

她低低地问我:写得出吗?
我没理她。
她的声音忽然变得有点尖细:你杂念太多,挠头也写不出个字来。
我说我没什么杂念,就想写些字凑个数好早点儿交稿。

她在我身后踱起步来:
你一演员,把之前日记里的杂文攒起来出了本《突然就走到了西藏》后卖了不少,心里的虚荣心就被养肥了,但你才华太少,上一本也就凑个巧,你却不自知。

我听到了我的喉结在这个时候忽然上下窜动的声音。呐呐地说不出回她的话来。心里却有些怒。

她话没停:
写字的人先拼个聪明,之后拼个灵气,再后拼的是境界。写字不是拼词藻,拼的是素,拼的是品。你没这天分,却在写这篇自序时用之前出书时卖得好的虚荣心去拼那些人的赞美,这就是杂念了。只这个杂念,你写的字就俗了。对于真会写字的人来说,你还没入门呢。

我有点儿想哭。
她轻轻笑了。
教你一巧劲吧!
你有鬼气,别装得太正派,把那心里的鬼气放出来吧,也许刚刚好。

我心里一动,突然写了一段话:

  我是如此的瘦弱。不只我的身体,还有我的心。瘦弱比虚弱还要不堪。我瘦得需要经常捡起掉在地上的皮,再贴回我的身体上。
  "鬼水瓶录"就是我身上掉下来的一块皮。
  我一无所有,还好拥有一样最真的东西,就是我的瘦弱。

我忽然一惊,转头。
身后无人。

红土沉的味道很好。有种甜香的正气。
配上那妖娆风舞的烟气,真是幅素雅的画呀。

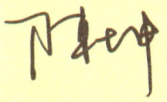

# 目录

| | |
|---|---|
| 生 | 001 |
| 死 | 031 |
| 情 | 057 |
| 魔 | 083 |
| 悟 | 109 |
| 念珠散 | 135 |

鬼水瓶录

生

生

行走的队伍到达下大武乡招待所的一刻,鹅毛大雪从空中飘落下来。我是最后一个迈进招待所大门的,当我把冰雹和风雪关在门外时,仿佛迈过了"生死一线"。

几个小时前,行走团队的六十个人在转山路上行进。在距离终点还有十几公里的途中,突然起风下起冰雹,气温骤然降到零度以下。冷雨裹挟着冰雹砸在脸上,全身冰冷湿透。这样的天气我们已经无法在路上扎营,必须一鼓作气将两天的行程走完,到达今年行走的终点下大武乡。

队伍在缓缓前行,以这样的速度,到达终点至少还要四个小时。大风愈刮愈烈,将雨衣吹掀起来,冰水紧贴着皮肤,似乎要渗到骨头缝里。我开始担心大家能否走到终点,担心有人失温或发生意外。

幸运的是，傍晚时分，行走队员全部安全到达。进门的一刻，全身的力气都被卸去，整个人瘫痪下来。换掉湿透的衣服，还是冰冷发抖。同事说："这儿附近只有一家面馆，要走很远，我让人把面条送过来吃吧。"我点了点头，神志还浸在一阵阵的后怕中。

约莫十分钟过去，有人用力地敲门，是我们团队的一个女生。她像是从外面跑进来，没穿外套，鼻子脸颊冻得通红。女生情绪激动地对我说："现在大家都聚在面馆里，好不容易走完，你不去看看大家怎么样了吗？如果他们知道你在这里吃，会怎么想？"女生一边说一边哭，声音在发抖。

我的眼眶模糊了，没有说话，缓缓站起来，把鞋子穿上。走过她身边时，我把招待所的一条厚毯子披在她身上。抓起羽绒服，走进风雪中。

那是一个破旧的小面馆，十几平米的屋里生着老式的煤炉，炉子上坐着一把冒着热气的烧水壶。小屋里挤满了人，大家围在煤炉边取火。没有人说话，此时的团聚就是最好的语言。

我在他们身边坐下，要了一碗牛肉面。此刻饥肠辘辘，听着厨房里的忙碌声，看着劫后余生的场面，心里忽然涌上一阵酸楚的暖流，已经很久没有被生活这么结结实实地击中了。

记忆中印象深刻的一次饥饿，是九岁的时候。一个冬天，我和弟弟去找爸爸取学费。那是傍晚了,我们还没吃饭,走了三站地到了爸爸的新家,站在门口时闻到一阵勾魂的炖肉香。我对弟弟说:"等下拿到钱之后,爸爸会喊我们进去吃饭。"弟弟高兴地应了一声。

开门的是继母。怀里抱着一个幼小的婴儿。看见我们来,愣了一下,扭头就喊:"你儿子来找你了!"爸爸走过来,把钱给了我,就让我们走了。

出来的时候,我一路都没有说话。弟弟跟在我后面,饿着肚子走回家。

这么多年过去,已经忘了挨饿的苦,忘了在贫瘠的日子里没着没落的绝望。但有时候生活会告诉我们,它原本的样子是什么。

在被炉火烤得温暖的小面馆里等待一碗热面的过程中,我体会到了生而为人的快乐。

三百岁的吸血鬼问两千岁的吸血鬼：
"您为什么会爱上人？
他们没有永生，脆弱而匆忙……"

老鬼淡淡地回应：
"就因为他们没有永生，害怕死亡，
才那么脆弱和匆忙。
我爱上的是那脆弱中的争取和躁动，
我爱上的是那随时会失去的短暂和恐慌。
……"

甜
血
。

白公爵生日盛宴。
他的门客献上一瓮鲜红甜血。

白公爵饮后盛怒,门客战栗叩首:
"这血经千辛万苦从黑公爵处偷来,
听闻此物是黑公爵奇珍,
可使他功力倍增。"

白公爵怒吼:
"于他极珍的甜血却正是我避之不及的剧毒,
虽然是你的真心却害了我的永生。"

人
心
。

鬼水瓶录

——

生

独鬼从小就可读识人心，
所以他可辨真伪。
成年后，独鬼越发孤独，友人问何故。

他答：
"少年时，心白嘴讲白。
青年时，心白嘴故意讲黑，心还白。
成年后，心色糊，嘴讲红，
窗纱动，改讲黑，狗吠，再改橙。
怎么成年后，人心变七彩成玲珑了？"

## 生

海风很大,
阴云压着天际。
他背着一个麻袋站在悬崖边,
默默地面向大海,
静静地对自己说:

"每块石头都是一件事的忏悔,
扔掉这袋石头,
阳光就会升起来……"

轩
〇

鬼
水
瓶
录

——

生

冰冷的海水包裹着身体。
轩知道今天必须要找到父亲藏下的珍珠。
虽然已经是腊月了,
他却不得不再次钻进海里。
海水刺进骨里让轩变得清醒,
漆黑的海底却让他感到安全。
闭气已经超过两炷香,
他这个别人眼里的怪物却越潜越深。

一定要找到这颗珍珠,
只有它可以锁住体内的妖性,
让他像人类一样活下去。

上古时代，不分善恶，
天地混沌，阴阳一体，
神魔妖人，共为一族，
彼此恩爱，寿命绵长。

一日，地上长出了无忧草。
那一刻，人有了影子。
自从有了影子和无忧草，
七情涌现，四族分离。

名曰：世界！

艺人。

他们也从母体出生,却被上天感召着前行。
有的幸运,有的悲摧,有的正派,有的诡贱。
幻想星移斗转,实却路途多变。
吸光吸血,也被吸光被吸血;
名正言顺地雕刻面具,却又不时被面具雕刻。
时而鲲鹏振翅,时而鲸晒浅滩,
被世人七情相赠又相望于七情。

这族名曰:艺人!

镜花水月。

鬼水瓶录
——
生

他从他的身体中分离，
倒了一杯清茶，
把他叫醒，
和他一起品茶。
醒来的他安静地沉默，
他从胸口拔出一口长剑，
凭空一划，
切开空间与时间。

微笑着让醒来的他
欣赏这豁口里曼妙的镜花水月！

## 鬼水瓶录

生

白天使坐在山巅。
夕阳洒在她白色的翅膀上,
充满泪水的眼睛遥望着远方。
漫天的海浪吞噬着陆地,
群山的开裂埋葬着屋舍。
白天使仰头望着天空,
问:
"为什么?"
阳光忽然消失,天空飘起了雪片。
白天使的声音回荡在天际,
却等不到任何的回答……

黑夜。

呢喃。

## 鬼水瓶录

### 生

在黑夜里总有人在呢喃，
我会随着窗纱出现在他们的面前。
如果他谈伤痛我会陪他，
如果他谈怨恨我会陪他，
如果他谈哲学我会陪他。
但最后终归是要和他谈死亡和绝望，
告诉他阳光的可憎以及不必追逐的纯净，
他在情愿的表情里奉上鲜血，
没有恐惧的味道！
这使我终于不在阳光里失眠，
在黑夜里孤寂。

鬼水瓶录

——

死

巴厘岛。

公司的同事在海滩上嬉闹游泳。

家人在不远处围坐一圈,母亲在照看两个孙子,亲人们诉说着细细碎碎的家长里短。

我戴着太阳镜在躺椅上晒太阳,和一个朋友聊天。

她忽然说:"坤儿,我觉得你已经死了。"

我从椅子上跳了起来,摘下眼镜盯住她说:"我已经死了。

这句话太美了!这是我近三年以来收到的最好礼物。"

朋友的一句话，让我跳出原有的思维框架。

我已经死了。如果以死亡的视角看世界，会看见什么？

沙滩上，同事们在嬉闹游泳。我远远地望着他们，意识到曾经对他们的态度多么可笑。我常说这是一个大家庭，却忘了脱掉"明星"的外衣。现在我死了，才明白他们是我的兄弟姐妹。

家人在不远处围坐一圈。我静静地看着他们，意识到对家人的爱如此狭义。我曾经以"照顾"的名义，强迫他们过我认为好的生活；以"亲人"的名义，对他们发火责难，把最丑陋的一面甩给他们看；以"忙碌"的名义，没有好好陪伴他们。现在我死了，我对这一切感到懊悔。

我已经死了。当我从习惯思维中跳出来，会发现什么？

也许死是另一种生。

不久前，一串珠子不见了，我翻遍了所有的地方都找不到。那串珠子我戴了很久，它的离去像死亡一样，让我沮丧不已。此刻，心中却闪过一个念头：若有人捡到这串珠子戴在身上，这是它的生。

城市的变迁，让我们唏嘘不已，站在过去的视角看，是旧的死亡；若站在未来看，这是推动世界往前走的生命节奏。

爱我们的亲人离去了，我们悲痛不已，在我们眼里看来，他们死去了；也许从"另一个世界"看来，他们的生命刚刚开始。

一位我非常尊重的上师曾经说：当你每天睁开眼睛的时候，你睡着了；当你闭上眼睛的时候，你才醒来。

何谓生死，要看何为坐标。当我从二元对立的层面跳出来，又听见了什么？

两个人在争论。一个人说："万物由念生，这个世界的一切包括你，都是我的念头产生的，所以，我是真的，你是假的。"另一个人说："我看见的世界，包括你，也是我想象出来的，我才是真的，你是假的。"

到底谁真谁假？造物者在天外笑了。两个梦幻泡影，却在这里争论谁真谁假。

我也笑了。当阳光打在沙滩的贝壳上，我看见它懒懒地打了一个哈欠时，我不确定自己是生是死。

空位。

鬼水瓶录 —— 死

傍晚，机场送机，
十多位影迷围着明星，
每个人脸上充满着真诚的微笑，
明星也一直感谢大家的支持！
小伦拿出照相机为大家拍照，
每一声"茄子"都凝聚出一张喜悦的记忆！
小伦在回家的路上幸福地检查照片时，
发现明星竟然是空的，
所有人只是围着一个空位欢笑！

终结。

九国开战,
大地涂炭。

天帝想终结人类的苦难,
派"真理"带着他的九个儿子(小真理)骑着白马从天而降,
但战争却更加疯狂,
因为每个国王都相信其中一个"小真理"。

最后,
真理急了,
披上谬论的外衣,
终结了人类的"苦难"。

鬼水瓶录 —— 死

后宫。
三千庸粉争宠,
王却独爱一绝世哑女。

余下嫔妃才人放下各自阵营齐齐协心
欲置她于死地。有一老妃出一毒计:
让每一嫔妃将内心秘密贴心甜蜜
告知哑女!
不足百日哑女自刎身亡。

4:20。

鬼水瓶录 —— 死

把花插完后选了粉色花纹的纸,
客人留言务必在下午四点二十时
送到那个地址。
他关了店门骑上单车,
在熙熙攘攘的人群中穿梭。

4：18。

他已经站在了这座临街的二层小楼前,
这座建筑应该是二三十年代建的吧,
他踮踮脚,
仿佛看到二楼的窗户有人走过。

4：20。

车疯狂冲来,他在惊愕中溅红了鲜花。

鬼水瓶录 —— 死

夜里十二点。
他关上门窗点上蜡烛坐在镜子前,
录音机里放上好不容易才找到的
那盒磁带,
磁带里有个男人的声音在低沉地说话。
他抬眼望着镜子里自己的脸在烛光里
微微变淡。

之后,他看到了自己。
是三个人同时住在身体里:
一个是男孩,
一个是男人,
一个是老男人。
再之后他哭了,接着又笑了。

心
跳
。

鬼水瓶录

——

死

喝下去的每一口酒，
都只是为了等待醉的那一天。
夕阳拂过楼宇的轮廓。
还可以多来一瓶吧？
听不见自己心跳的声音，
却可以游荡在这个城市。
碰见的，真有呼吸……

## 死

她再次被他们扔在城市的边缘,
左脚被硫酸烧坏了,
脸上还可以看到眼睛,
但光秃秃没有睫毛。
还能记得的是家里有两个弟弟,
被拐走时被打断了左手。
和她要好的琳死后,
她偷偷把琳的碎骨头藏在矿泉水瓶里。
听说人死后可以变鬼,
所以她特期待琳可以变成小鬼陪她,
因为她怕只有她一个人!

鬼水瓶录

—— 死

小时候他喜欢看鸟儿,
羡慕它们有翅膀。
所以,
他祈祷自己能进化长出翅膀,
坚信猿人能进化成人,
人也能进化出翅膀。
每天每时每刻他都在纯粹地等待。

终于有一天,
他长出了翅膀!

念力。

念力！

从远古就留在我们灵魂里的神秘力量，
每一千年减少一半的威力。
……

灰烬。

因为爱这座城市,
我要把灰烬撒在这座城市。
等待那缕恐惧的阳光,把我燃尽。
当光线穿透身体的时候,应该也许是解脱。
让我千年的苍白,被暖阳涂色,
让我有尊严地化为尘埃,落在我爱的城市。
别害怕,我不会打扰你们。
只是梦想可以在阳光下,飘舞在你们面前。
那是我的咏叹调!

母亲在厨房里切菜,是我熟悉的背影。

下午两点多,阳光极好。窗外穿梭车辆的反光,透过窗户打在厨房的墙壁上,映出一幅流转的光影。母亲刚好站在这束光影里,光的流动忽快忽慢,像一只旋转的经轮。

我呆呆地站在母亲身后,被这一刻的美妙摄住了魂魄,瞬间又落入无常的恐惧中。

我不是一个在感情上婆婆妈妈的人,又是修行人,却在此刻,想用一切念力留住光阴的刹那!母亲有一天会离开我,这种念头的闪过,都是一切有情生命无法承受的吧。

母亲的背影恬静、坚强,在时光的背景里一如寻常。

幼年时家里穷,每到我过生日,也是这样的背影,在狭小整洁的厨房里忙碌着,尽其所能给我煮一碗精致的长寿面。

很多年过去了,生活的变化难以预料,母亲的背影没有变。

这些年过生日,母亲总想给我张罗一桌子饭菜。我说:"妈,不用忙,给我下一碗面就好,我最爱吃您煮的面条。"母亲笑了:"我煮的面哪里有这么好吃。"然后转身进了厨房。母亲不知道,她亲手煮的面条,是儿子一路走来的定心丸。

母亲话不多,喜欢安静地待在一个角落,不管房间里有多少人夸夸其谈,她总是笑眯眯地听着。母亲似乎没什么出众的才华,也没有急于表达的观点。可是,每当我疲惫烦躁的时候,只要在母亲身边安静地坐下,只一小刻的功夫,身体里就能充满能量。我从来没有告诉过母亲:妈妈,你才是内心有力量的人。

母亲的手柔软圆润,像她与世无争的性格。但是,只要牵着我和弟弟,这双手就变得强大起来。小时候过中秋节,吃月饼是一件奢侈的事情。我记得那时候一块月饼五分钱,我和弟弟眼巴巴地看着,知道我们吃不起。有一年过中秋节,母亲忽然变出一块月饼,分给我和弟弟吃。两个小家伙并不知道,母亲连续两个中午没吃饭,才攒下这块月饼钱。

弟弟两三岁的时候,还有尿床的习惯。母亲夜里来不及换床褥,就把弟弟一把抱过来,换到干燥的地方,自己睡在潮湿的被褥上。记忆里这样的夜不计其数,母亲在吃苦的岁月里落下了一身的病。

多年以后和母亲聊起童年,她依然会在某个回忆里流泪,然后微笑着感叹人生的奇妙,最后不忘提醒我:做人要知足感恩。

母亲信任我,见我终日忙忙碌碌,从不多问什么。偶尔从外界听来对我攻击的言语,母亲也总是笑一笑,一如往日的平静。只是眼角微微向上翘的笑纹,随着岁月的流逝,渐渐地深了。

2011年,我正在西藏行走,母亲因为一个手术,住院一周治疗。她不让家人告诉我,怕我分心。从拉萨回来赶到医院时,一眼见到穿着病号服的母亲,比往日虚弱些,有些老了,我的眼眶红了。从小到大,母亲是我们的依靠,永远是我们跟她撒娇喊累,从没听她抱怨过一句。母亲的性格就是这样,习惯一个人默默地承受。

从那以后,每次打电话给母亲,总要听见她挂断电话的声音,我才安心摁掉电话。

母亲陪伴我的这份情,不知何以为报。

家中常供度母像,我一直相信,母亲是菩萨。

今天因为我的突然回家,母亲又忙碌起来。一边埋怨我没事先告诉她,一边不停手地切菜烧汤。厨房里的烟火噼啪响着,熟悉的香味窜进鼻子。

我要在母亲转身之前,将眼眶的泪一点点蒸发掉,将鼻子里的酸楚一点点退去,就像什么都没发生过一样。

鬼水瓶录

——

情

红色的灯笼挂满小径两侧,
餐馆在竹林的尽头。
只在黄昏后迎客。
店内有哑叟一人,
每天只接待一个家庭。
老叟总是笑眯眯端出私房菜待客,
坐在外屋暖暖地望着里屋的
那些人家,
独自喝酒。
再十年,老叟无踪而去。

Leo 用 FaceTime 通话的时候很多，
当然最主要是和女友见面。
自从灵媒告诉他这个方法，
Leo 不再沉浸在伤痛中。
每天晚上十二点，
他都会拨通那个号码，
之后，女友会出现在他的面前。
只隔着那块薄薄的屏幕，
他们依然可以像之前一样分享每天发生的事情，
就好像那天的车祸从来没有发生！

鬼水瓶录
——
情

七点,回家。
电梯门打开时,整条走廊泛着看不清楚的光线。
他快走了几步,拿出钥匙准备开门。

"你这一年都没来看我了,
是不是害怕见到我?"

他头也没回说:
"我不再想见到你,
你走吧,
我不想因为你葬送我的一生。"

女声问:"可以再说一次爱我吗?"

他说:
"明年清明去看你,别留恋我!
我们约好了天上见。"

烟。

人。

妓女看着儿子。
静默，静默，静默……空气干燥得抽象。

她喷出一口烟，转身走。
"所幸你父亲不会看不起我，当然，他不是人类。"

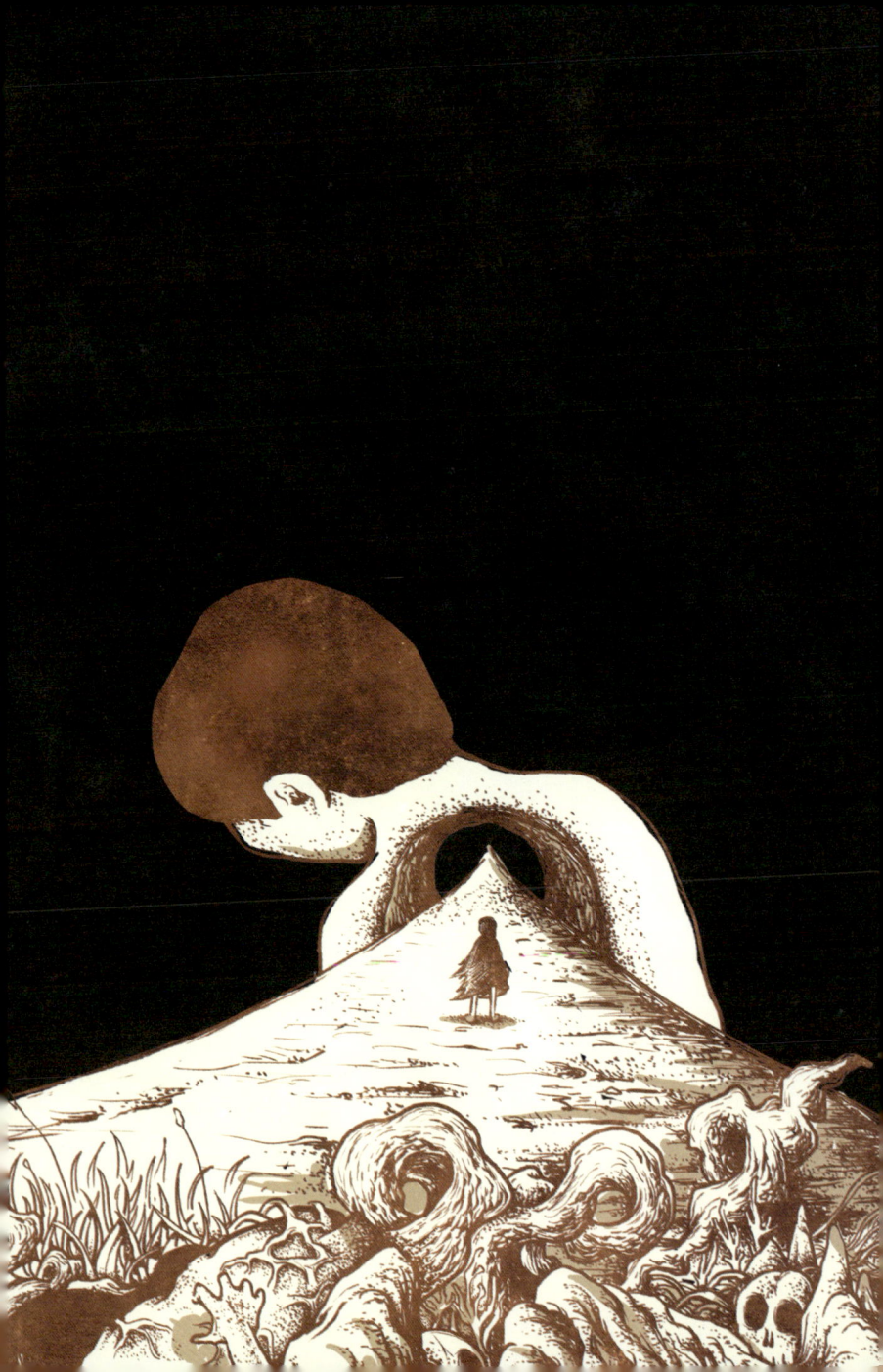

鬼水瓶录

——

情

战乱。
孤儿兄弟俩边乞讨边找路回家乡。
遍野荒漠。
七龄弟得恶疾,九龄的兄长哭到眼血。
第二日兄出门一直不回,
弟担心要死,
到夜里兄竟讨到两寸大小的肉回。
弟可充饥。

之后,每隔三五天兄都可讨点肉回。
终于望见家乡,
兄叮嘱弟:
"你回到家乡是可以活下来的,
哥哥会保佑你!"

兄死。弟泣。

鬼水瓶录
——
情

她临死之前对他说：
"死后化为梧桐木，为你做琴！"
当那梧桐木的焦尾琴做成之日，
他不再说话。

因为有了琴声，他不再弹琴与世人听。
隐于苍山。
他带她一路远行。
带她去他之前答应她却没成行的地方，
日日轻抚她。

让沙漠不荒，
让弱水不凉。
夜夜与天地共鸣，
独与亡爱同眠。

七八岁瘸腿孤儿，
每受辱必到村外海棠树下哭泣。
那怨念让天空也会浮起薄雾。

再七年，
孤儿闻海棠将被砍，
奔往话别。
见树下一女子，貌美，哭意顿止。
女递物与他：
"内有数枚花瓣，受辱时合泪水共饮。
另有一块七年珍宝，不怨时常拭之！"

飘飘然远去。
孤儿开包看。
花瓣旁静躺一枚晶莹琥珀。

千年。

琥珀。

**鬼水瓶录**

——

情

海棠树经千年风雨终于有了呼吸。
她静静守护着这个村落，
以报答村民先祖给予她的生命。
在遥远的记忆里，
他们的祖辈都在她脚下成长，
她也总是落下最美的花瓣予他们留藏。
当数年前村里一个孤儿在她脚边血泣，
她把她的母爱注入到这个瘸腿孤儿身上，
看他长大并把自己千年的琥珀赠予他，
教他不再埋怨。

鬼水瓶录

——

情

吸血鬼公爵和他的影子说：
"我习惯了独来独去，
习惯了享受孤独，
请你不要再跟着我！"
影子面无表情地转身而去。

公爵纳闷地问：
"就这样吗？"

影子冷冷转头：
"你想我怎样？需要我恳求你吗？
我因为光线和你才能存在，
以前只可惜我不能开口让你离开，
今天，你的要求却给了我想要的自由。"

他躺在医院已经五年了。
车祸让他成了植物人。
从刚开始人头攒动到后来无人常来,
只短短的一年时间。
但母亲风雨不断的身影五年中从未间歇。
五年后的今天他睁开眼睛,
用眼光寻找母亲的身影。

护士说:
"你母亲在你心里,会永远温暖你,
但她已经去世四年了……"

鬼水瓶录
———
魇

一个认识多年的老友说:"坤儿啊,世界变了,不再是我们认识的世界,你看看现在的人都在追求什么,你看看人心的冷漠自私……"

老友的话让我陷入思考。

时代变了。看看当下的中国,与二十年前相比变得天翻地覆。我们建起了世界级的摩天大楼,我们的橱窗里林立着全球最昂贵的奢侈品,我们有最庞大的消费人群……可是,我们却在经济飞速发展的过程中变得恐慌和焦虑。

我经常会问,小时候的夏天去哪里了?

我小时候住在重庆的嘉陵江边,一到夏天来临,一群小伙伴跑到江边玩耍,脱了鞋子蹚在泥水里,玩泥巴,打水仗;有时候无所事事地坐在阳光下听知了唱歌,抬起头看见阳光穿过树叶的那抹绿色,明晃晃地映着我们欢畅的童年。看看现在的孩子,被竞争的紧迫感压榨得不堪重负,有没有人问过,他们是否快乐?

满街的名牌,不管真的假的,人们趋之若鹜,忘了自己真正喜欢什么。

满街的成功学充斥着年轻人的思维,人们忘记了自己真正的理想。

越来越多的朋友见面不再谈心,开口就问,有什么赚钱的项目吗?

越来越匪夷所思的骗术,让我们防不胜防。

越来越多受伤之后的不信任,让我们在他人遇到危难的时候,不敢出手相助。

我常常在想,这个时代被魔女亲吻了,太多人都不能幸免地着了魔性,连我自己也是,一边在追求平静,一边想要更多。

一天,跟朋友聊天的时候,对方讲起他如何"幸运",在房价最低且不限购的时候,入手了几套大房子,现在市值多少。我听后懊悔地说:"我就是没有投资眼光,前几年有几套房子着急出手,我也看了一圈,当时是交得起首付的,结果一犹豫错过了,现在可买不起了!"

这句话一讲出口,我被自己的贪婪吓到了。相比较大多数人,我已经算幸运了,还要为没有"更幸运"而哀叹吗?我为之前的想法感到羞愧。

时代本没有魔性,真正的"魔"来自我们心里。

我们跟着时代的脚步仓促前行,来不及思考,来不及沉淀,心魔就在这时伺机而出。

那天晚上,我给老友发了一条微信:

世界从来没有变,是我们的心变了。

我们在被时代带着往前走的过程中,失去了自己。

人性本不完美,故而常常约束。

人心偏向浮躁,因而使它平静。

时时自省。

与君共勉。

嫉妒。

鬼水瓶录 —— 魇

嫉妒坐在对面,浅笑。
武士低头擦剑。
呼吸。

门外风抚青松,鹤鸣鸟叫,
山泉轻击水潭,叮叮咚咚。

武士问:
"为何而来?"

嫉妒目光柔软:
"原本路过,你请我进来!"
剑身触地。

鬼水瓶录

——

魔

杯里的茶已经凉了。
窗外树叶沙沙地响着。
乾趴在书桌前发呆。
他原本不是迷信的人,
可几天前偶遇的大师说的话
让此时此刻变得异样。
"你不可以写第三十一篇文章,
不然你会看到鬼魂,它会附在你身上,
如果你跳过这篇就不会有事。"
大师的话犹在耳边。
乾咬了咬牙,他不确定信还是不信。
一滴汗却滴了下来。

**鬼水瓶录**

——魔

大师点上那炷檀香，看着一直发抖的乾，
微微笑了一笑：
"放心，没事！"

乾努力清了清嗓子道：
"真的！
我写完了第三十一篇《鬼水瓶录》后
就感觉到不对了，
每天噩梦、发烧，老看到有好多鬼魂。"

大师起身把窗帘拉上，
慢慢转过身体定定地盯着乾：
"我信呀，我赌定你会写三十一篇，
所以，它们终于离开我，找到了你。"

永生。

圣战士出征，吸血鬼王应战。
圣战士情妇奔出想被吸血得永生。
鬼王嘲弄她的血充满低俗的
想永远年轻的欲望，不吸。
却对圣战士说：

"只有你值得我吸血，因你假借道德之名来讨伐我，以掩盖你渴望永生的本性。你对我辈的仇恨源于你不愿认同你我共同的丑陋，你越怕越扮演正义。吸你让我更高贵的黑暗！"

吸完走人！

相信。

鬼水瓶录 —— 魇

樱花拥有最纯洁透明的善之翅膀!
满天拥有将善恶从每个人体内取出的能力,
有些人的善会像玉石或像宝剑,
有些人的恶会像剪刀或者蝎子!
满天在每个满月之时会帮樱花取出善之翅。

在这个满月之夜,
樱花体内取出的善之翅膀,
竟变成黑白色!

月光洒在他们脸上,
他问为什么?
她说:"我学会了不相信!"

鬼水瓶录 —— 魔

他是魔和神的孩子,
是魔和神协商出的新种族。
魔想看到他内心反抗神的魔性,
神想看到他内心神性战胜魔性的胜利。
他被观察着长大,
却没有谁关注着他内心滋长出的智慧。
在他心里魔性与神性时战时谐,
他却任由心中的鹬蚌相争。
终于他超越了魔与神。
之后繁衍出的后代被称之为——人!

鬼水瓶录 —— 魇

虚国国王极残暴多疑。
有天都城来了一位女预言师,
她用五年时间把名气传播到了王宫里。
国王请她进宫卜算国运。
她说会有刺客行刺国王,
还说是国王至亲之人。
果然,事情应验。
事后人们问她为何这么神奇。
她回答:
"国王杀我满门,我却身无长技行刺,
扮预言者,用他的猜忌杀了他。"

怀
疑
。

鬼水瓶录 —— 魔

魔王波旬在我们出生时,
偷偷地藏了一副眼镜在我们的心里。

越长大越有可能戴上它,
这副眼镜叫"怀疑"!

连我们看到相信时,
戴上眼镜的我们都不相信!

鹅城的王子出生时得到剑神的一把剑，
剑神告诉国王会在王子十八岁时教他如何御剑。
王子在成长的岁月里天天练剑，
想杀死城外的毒龙来证明自己的强大，
却屡战屡败。
王子在心里的愤怒越来越如山般累积。

终于，十八岁到来。
剑神告诉他：

"以怒御剑小成，
以德御剑中成，
心中有剑大成，
心中无剑无杀心成神。"

供奉。

鬼水瓶录 —— 魔

魔王来看闭关的弟子,
用神通观看他们的内心。
为了更好地指导修行的成果,
他用轻柔的声音告诉弟子们:
"你们内心里要建造一座城池,
有很多的房间和街道,
把每一个碰巧经过你们内心街道的人,
都用道德的高度哄骗进房间里,
攻击侮辱他们,
收集他们的反抗和怨恨供奉给城主,
也就是你自己!"

悟

鬼水瓶录

鬼水瓶录 —— 悟

一到傍晚,工体北路永远堵车。特别在这样的大风天,寒冷的夜晚,太多人想赶回家吃饭,路上便愈发寸步难行。

与朋友约定七点钟的饭局眼看就要迟到。烦躁。

有人拍车窗的玻璃,是一个乞讨的老人。手中握着拐杖,捧一只破烂的碗,里面躺着几个钢镚儿。

若在两年前,遇到这样乞讨的老人,我会毫不犹豫地摇下车窗,把兜里的零钱全都给他。但自从那一次上当以后,我便不再相信乞讨的人。

也是在一个冬天,我走在去往餐厅的路上,见路边匍匐着一个老人,在寒风里冻得瑟瑟发抖。地上摊着一块破布,

上面写着几个歪扭的大字:

被儿女弃到街头,无钱吃饭,求好心人帮助。

我走过去询问老人,遇到了什么困难。老人见有陌生人询问,絮絮叨叨地讲了一大堆家乡话,我能听懂个大概,大约是他被儿女抛弃,如何可怜。当时兜里没有现金,我向同事借了两百元给他吃饭。同事悄悄告诉我:这人可能是骗子。我不信。一个七八十岁的老人,出来行讨就是要一口饭吃,为何还要骗人。

一个月以后,我在另一家餐厅门口又遇到这个老人,还是匍匐在地上,面前还是摊着一块破布,只不过上面的字换成了:

来京治病,无钱买票回家,求好心人帮助。

我隐约觉得自己受骗了,上前询问老人遇到什么麻烦。老人已经忘记了我,絮絮叨叨又讲了一堆,完全是另一个版本的故事。最后,老人向我索要一百元。

我得知自己受骗了,很愤怒。后来我才知道,很多街头乞讨的人都是在行骗,有些挣的比白领都多。

车外的老人还在不停地敲着窗子,我冷着脸没有做声。

车子缓缓移动了。二十分钟以后,不过往前蹭了几十米。

车外的风越刮越大,将一段树枝吹起来打到车门上。我往窗外看时,刚好看到那个老人,站在一家小饭馆门口,弯下腰,手捧一个饭盆吃着什么。

我眼眶一热。那样佝偻着身子在寒风里吃饭的老人,就算是骗子,我也认了!

我推开车门,冲进大风里。

冷风灌进我的脖子,我一边走一边落泪。这世上有多少人,因为受到伤害关闭自己的心。其实,在寒风里付出的一份善意,比对方是真是假更重要。

我给的是自己的心。我管你是佛是魔!

一个乞丐和一个我心中最尊贵的人,此刻已毫无分别,都是众生,都是自己。

那一刻我猛然醒悟:

我即众生,众生即我。

鬼水瓶录

——悟

蓬山上有两只灵狐。
一只想成仙,
另一只想品尝爱情。
成仙的历经三千年终于成功。
到达天境时发现另一只已经在那里等她,
并且已经等了两千年了。

鬼水瓶录

——

悟

一只鹿神奇地拥有了一个人的思维，
所以在鹿的群体中总是被完全孤立；
有一个人神奇地拥有了一只鹿的思维，
所以他在人的世界里被视为奇怪的存在。

一天，
鹿和人碰面了，
非常平静地点点头！

# 鬼水瓶录

—— 悟

她受俗世所累想遁入空门。
怕受戒后那颗满目疮痍的心阻碍了她成佛的大道，
在某日把这颗心封存在巨石中。
日复一日，精进修行。
年复一年，始终无悟。
她找不到症结，只更加努力持戒。
禅静，但难触智慧之门。

师父问：
"净莲出于何处？
若无那颗体悟百态的心，又何须追寻，
何须体味那智慧的甘露？"

悟

算命师临终传授徒弟秘诀：
见富裕者算他的身体顺带事业；
见穷困者算他的将来财富；
见文人算他的前程顺带爱情；
见白丁算他的流年；
见老妇算她的来生；
见年少者算未来的方向；
见演艺者算他的风光；
见老板算项目远景；
见美妇算夫妻外遇；
见夫妇算子嗣……
见面说话少，
看着对方，说话要充满玄机。

鬼水瓶录

——

悟

他喝多的表情终于盖过失意的愁苦,
也终于在甩开手脚的爽快中踏进梦乡!
好久没有的顺畅让他去到了梦乡中的光明圣坛,
并且还在非常庄严的景况中见到了圣坛城中的八大愤怒金刚,
在与愤怒金刚定下的契约里,
他直面内心的恐惧,
发愿不仅仅只为自己而修炼!
从此,
他成为了一个极度强悍的驱魔人!

龙神生日。
众水族朝贺,气氛热烈。
龙神喝得微醺,
看着满龙宫的各位虾蟹鱼贝,
感觉应该说点儿什么,
就随便一指,故作严肃地说:"你能成龙!"
其他水族羡慕并嫉妒着这被指到的鱼儿,
失望而归。

这傻鱼还偏就相信了这句应景话,天天练习。
终于有一天,
凭着坚定能成功的信念他还真成功了。

这鱼叫鲤鱼!

鬼水瓶录 —— 悟

静室。
一炉香。
两人禅坐。
半晌。

他说:"此香清雅,淡而幽长。"
她浅笑:"此为本庵珍藏檀香,为道兄而燃。"
他回应:"境随心转。"
她说:"道分阴阳。"
他说:"定静生慧。"
她回:"否极泰来。"

又半晌无话。
香尽。

她揖首:"兄请回。"
他回礼:"留下吾之桃木剑与你去污。"
她幽幽一笑:"本来无一物,何处惹尘埃。"
他也笑:"真假自在!"

弱女被山妖所掠。
欲逼其婚配。
弱女不从，妖恼怒。
用妖力使弱女身体不能行动。
女依然不从。
妖再锁住弱女眼耳鼻舌触觉。
弱女六感尽失却淡然心跳。
"所幸心性无碍。
你能封我六感，
但能封心识者唯有我自身也。
得我身易，心不然。"

鬼水瓶录

———

悟

申七岁入寺参禅。
师教他:"立扫地之心。"
十岁时师问他如何,申答:"已生此心!"
师又教他:"立帮助别人之愿!"
三十岁,申回师:"已定此心!"
师再教:"去游走四方十年!"
四十岁申见师。
师拉申之手说:"来吧,闻闻花香,听听山风,看我怎样死去!"
申回师:"应无所住而生其心。花很香,风很软,等待为何?"
师鼓掌!

鬼水瓶录

——

悟

僧禅定。
二十年未悟。
一日幼妓来问禅:"我从妓数载,恩客无数,却未何终不成师师圆圆之流,被上流宠幸?"
僧睁眼见妓,无语。
妓流泪恳请。
半晌,僧让幼妓来抚己面。
用心此刻!妓颤抚僧面,寂静当下。
之后叩首言:"断分别念,此恩客不输王侯!"
僧回:"用当下心,见幼妓即见真佛!"
妓微笑而去,僧顿时开悟!

# 念珠散

鬼水瓶录

# 前言

2014年初春,在进驻电影《钟馗伏魔》剧组前一天的凌晨,我完成了人生第一个中篇魔幻故事《念珠散》。落笔最后一个字时,天快亮了,整个世界处于黑夜与白昼的交界处。我不确定还有几分钟、几秒钟,或是刹那,第一束光线就会穿透黑夜的身体,将它们击得魂飞魄散。

我望着窗外,有一种"回到人间"的感觉。

我是一个演员,却因为思维的荒诞,经常做一些在别人眼里"不务正业"的事情,其中最"自不量力"的要数这一件——写故事。

故事的起源要从一个灵感说起。

我有一个保持了近二十年的习惯,每天都会抽出半个钟头打坐,我把这段时间当成自己的禅修课。有一天打坐时,脑中出现一个银发的面具人,双目射出寒光,摄人心魄。望向他的一刻,我像被电击了一样,头皮发麻,汗毛直立,心里生出一种感觉:这个人,我认识他几千年了,却想不起他是谁。正在发怔时,他一闪而过,消失得无影无踪。

睁开眼睛时,像是"灵魂出窍"。我感觉自己背靠虚空,灵感从背后源源不断地穿透我的身体。几乎在片刻间,一个魔幻故事在我脑中形成。

我无法用语言形容这个故事给我带来的震撼,当时心里只有一个声音:"把它写出来!"那一刻,我想把它写出来的冲动,并不比我获得人生第一个电影奖项的兴奋来得小。

一周过去了,我却没有动笔。

我没有写,不是因为没时间,而是,不敢写。

我对写文字的人一向是敬重的,特别是写小说、写故事的人,他们都有一定的文学素养才敢提笔创作,在这方面,我还欠缺才华。虽然曾经出过一本随笔集,但那些都是平时积攒的杂言碎语,老实讲,真要写起故事来,我心里丝毫没底。

有一天,我和公司一个九〇后的小朋友聊天,他谈起一直以来的理想是拍一部微电影,可惜没有钱,也没经验,所以到现在都没有做。我当时脱口而出:"弟弟,你会用手机拍东西吗?谁说有钱有经验才能做,你那些都是框架!"

讲完这句话,我愣住了。我常常说"打破框架",其实我心里也是有框架的。

那天晚上,我回家后做的第一件事就是,拿出纸笔,坐在工作台前,把脑中的那个故事写出来。

半个小时过去了,纸上还是空的。

原来我真不是这块料。一小时之后,我开始狂躁:妈的,老子不写了!

就在我快要放弃的时候,脑中闪出一个念头:

为什么我们写东西的时候总是被"开头"卡住,讲话的时候,却没有这个障碍?

我们太执着于写得好不好，太计较输赢得失了。

越计较，越胆怯。

我索性把"开头"扔掉。我只是想讲一个故事，想到什么就讲什么，就这么简单。观念一转换，思绪源源不断地涌上来，笔头常常跟不上念头。

原来对我而言，写作是没有方法的。

那天一直写到快要天亮。钢笔划过纸张"沙沙"的声音，在我听来，就像来自天外的摩尔斯密码。

这个故事写了一个月的时间，后面的"经历"是写之前无法预料的。我像开启了一段穿越虚空的魔幻旅行，被"意念"这艘飞船载着不断远行。

《念珠散》是我造的一个梦。至于这个故事有多少人喜欢，是否能得到朋友们的共鸣，已经不是我考虑的，因为在这个过程中"发现"了自己，并且获得力量。

勇敢并非无所畏惧,而是敢去尝试你怕的事情。

这一切都从我迈出的第一步开始。你的第一步呢,是否已经迈出?你心中那幅梦想的画卷,是否已经将它绘出?

"心如工画师,能画诸世间。"我相信,每个人都是好的造梦师。

天快要亮了。

等光线穿透天际的一刻,我知道,与黑夜同时消失的,还有身为"造梦人"的这个我。天亮以后,我将被另一个身份取代——演员陈坤。

在等待黑夜被燃成灰烬、缓缓落在地上的时候,再次体会到了生命的荒诞。在白昼来临之前,我忽然想为荒诞唱一首"咏叹调",向这个故事以及它所经历的一切作个告别。

我提笔在故事的末尾处写下几个字:"不荒诞,宁愿死!"一笑。

*1*

鬼城[1]无情,动情者诛。

这是自小父王对我传诵的一条戒律。

鬼王[2]有九九八十一个儿子[3],我是最小的一个,人称厉王子。我天生是个异类,此事要从灵树[4]说起。

鬼城遍地结满了灵树。灵花开时,树上像积了落雪一般。风吹过,白色的花瓣漫天飞舞。

那时我年纪尚小[5],是鬼王最亲近的王子。一日,我在灵树下玩耍。一片灵花飞过来,我伸手接住,见它的花瓣在我掌心中慢慢融化。我欢呼雀跃,发现了一个有趣的游戏。

我并不知道,灵花遇到温度便会融化。[6]

鬼灵身体冰冷,没有体温。[7] 我是鬼城里唯一有体温的鬼灵。[8]

我更不知道,就在那一刻,鬼王坐在大殿里,瞬间苍老了几岁。[9]

当日。白虎长老亲传鬼王旨意:"从今日起,无鬼王口谕,厉王子不得踏出太恒殿。由四大长老亲自监管,并传授武艺戒法。"

四大长老是鬼王身侧的心腹官臣,分别掌管鬼城内一方鬼宿。在我的记忆中,长老们从未对王子亲自传授。

苍龙长老传我剑道。

白虎长老传我毒道。

玄武长老传我鬼道。

朱雀长老传我愿道。[10]

四大长老冷漠无情,虽朝夕相处,我从未感受到师徒之情。

我能感觉到鬼王对我的疏远。

鬼城没有时间[11],没有白昼[12],一切都在斗转星移中缓缓移动。

我在孤独中长大,成为一名年轻的王子。

寂寥的生活里,我唯一的快乐是,一个人来到灵树下,接住灵花融化的一刻。

冰冷却温柔,最终化为一颗水珠。

有时候,花瓣融化的速度美得骇人。那是在我心跳加速时。

灵树用它的触觉告诉我,何为动情。

动情者诛。

我不懂,动情为何而诛。 [13]

*2*

一日,灵花又开了。鬼王招我去大殿,要亲自检验王子的剑法。

大殿两侧摆了八十一个座位,我的兄长们依次而坐,个个面无表情,继承了鬼王的深不可测。

末尾的座位是我的,自我记事起,它就空着。

我对那个位子有几分好奇,为何鬼王从未让我坐上去过。

再见鬼王,华服袭身,佩戴一副水银[14]打造的面具。

风从两侧的窗棂吹过,长发在风中起舞。

鬼王的剑指向我。

我走到大殿正中。与鬼王舞剑时,灵树的花瓣从窗棂外吹进来,从他鬓前飞过。

我怅然停下,喃喃道:"父王,你有白发了。"

鬼王一剑刺穿我的胸膛。

双目猩红,似要滴出血来:"刀剑之下,岂可动情!"

唤来苍龙长老,将我双肩钉上镣铐,打入面壁池。[15]

按照戒法,我在池中要独自捱过一轮斗转星移[16]。身子泡在腐泥中,动弹不得。

面壁时无鲜血可食,我每日吞下死尸的腐烂之血[17],用我的心跳将它们捂活。

好在头顶的星空不灭,风吹云散,好生缱绻。

待我伤口在腐泥中愈合之后,鬼王出现在面壁池。

头发竟然悉数变白。

"厉子,此番之事,你可知罪?"

我答:"知罪。"

"何罪之有?"

"鬼城无情,情者必诛。"

鬼王双目射出精光,似乎要将我双眼刺穿:"你可参透了其中缘故?"

我答:"未能参透。"

鬼王淡淡道:"那就罚你去欢喜司[18]再做苦吏吧。"

欢喜司是鬼城关押人灵的地方。地牢之大,直至星际。这里的人灵来自孤城,死去之后被鬼差捉来受苦。我自小食鲜血长大,从不知这些血是以不同残酷刑罚,从人灵身上榨取出来的。

第一次见到这般残忍景象,我被骇到。

狱吏们面无表情。按照鬼王的旨意，我需和他们一样，对那些人灵下手。我最受不了的是那些人灵求我，我的心如同置身七重炼狱。

心苦，即在地狱。

一个被吊起来的十来岁的小女孩在我面前瑟瑟发抖，我克制住自己不要动情，但她苦苦哀求的眼神在揪我的心。我的刀落不下去，举在半空，眼泪掉了下来。

我的眼泪刚刚落下，白虎长老率鬼差就赶至了。

我被带到鬼王殿前。

3

大殿的门开着,鬼王戴着面具,远远地用剑指住我。

我朝着他一步步走过去。

即使是我的父王,我也不知他会以何种方式处罚我。鬼王的六亲不认,在鬼城人尽皆知。

我走到鬼王面前停下来。

剑尖离我只有一寸之遥。

鬼王一语不发,看着我。

不知过了多久,放下长剑。

我反而更加忐忑,不知鬼王何意。

空荡荡的大殿,只有我父子二人。

鬼王对我缓缓摘下面具。自从我被圈进太恒殿,从未见他摘下过。

我看见一张衰老苍白的脸,再不是我印象中神采飞扬的父王。

"厉子,你可知动情何罪?"

"不知。"

"情乃魔性。"

我愣了一下,屏息听着。

"你可知,父王为何一直冷落你?"

"不知。"

"父王在对你修灭心之道。未曾想,本王还是败了。"

"父王为何不杀我。"

鬼王望着我,似笑非笑。"若能杀你,早已杀了。这其中缘由,你将来必然知晓。"

鬼王从怀中拿出一串念珠。乃沉香木所制,颗颗如泪珠大小,含着润泽之光。

他手抚念珠,低吟道:"这串念珠,是本王的一位故人留下的,在本王心中价值连城。现下本王想让它陪你去孤城[19]走一遭。"

孤城。我想着欢喜司中的人灵,是从孤城来。

鬼王道:"你到了孤城之后,只需做一件事,找到念珠,将它灭掉。记住,念珠不灭,你永不能回鬼城。"

我问:"若找不到念珠会怎样?"

"你在孤城的时日久了,会日渐衰弱,直到身体腐烂于孤城。那时候,你就成了一个永远堕入孤城的游魂。记住,无论你遭何种劫数,本王都不会插手。"

我心中还有诸多疑问。鬼王将念珠交到我手中。沉香的味道让我昏昏欲睡。

我在鬼城的最后记忆是——

起风了。鬼王缓缓戴上面具道:"记住,你所经历的,都是一场梦。"

注释

1  鬼城并非孤城的人死去而往的世界,相对于孤城,鬼城是位于虚空之外的幻境。两城之间,有一镜之隔。如天际,如水面,如心念。生灵们无法做到从"镜子"的这一面穿越到另一面,也许只有它们的造物主能完成。

2  鬼王乃鬼城的统治者。他的阴冷狠戾，在同样无情的鬼城子民看来，并不觉可怖。惟以有情之眼，方觉叹然。
鬼王有超于普通生灵的觉悟心，同样也有超于一般生灵的缺陷。由于悟性太高，对死亡的觉察与恐惧也异于常人。这使他在拥有智慧和骄傲的同时，也极为脆弱。
鬼王很早悟到：若想脱离恐怖继业之苦，成就是唯一的出路。
鬼城是最远离成就之地，也是最接近成就之地。灵土之于彼岸，只有一个深渊之隔。普通之法，绕而求之，永远无路。但若有大力量者，纵身一跃，或灭或达，只在一念之间。
鬼王并非成就者，此念如梦幻泡影，尚未可得。

3  八十一子，名曰：窃、凌、落、伤、兴、失、愚、恐、憎、怒、骄、娇、色、忧、患、虑、促、节、奕、欣、怯、狂、喜、呆、丧、冤、滞、傲、幽、斩、断、慎、肃、畏、故、薄、奢、扈、卑、灵、柔、敏、平、忍、消、怠、悲、贬、佑、愉、贪、嫉、疑、妄、慑、杀、显、忌、邪、嗔、恚、痴、迷、淫、恼、讧、谄、惭、据、悭、昏、慢、度、纵、乐、哀、寂、辨、思、隐、厉。

4  鬼城氤氲一气，实无一物，或似白驹过隙，或似逝者如斯，皆如幻念。
鬼王历亿万劫无情之修，渐臻无我之境，似无所需，似无所求，似无所执，一切皆以鬼王心念是瞻，有形也似无形，有实也似无实，在孤城人看来，皆是白云苍狗之属，而其形即是灵树。灵树枝叶蔓生，倏忽成树，倏忽开花，倏忽落种，倏忽成灵，无一定数。

5  对于孤城人来说，厉王子的童年可能有一千六百八十万年，在鬼城，一个劫才刚刚开始。

6  在孤城人的想象中，灵花或如绝美轻灵之物，于鬼城，却是厉王子灵魂的碎片在死亡与湮灭。想想冰晶在极度炽热的火焰上飞舞的样子，不同的是，冰尚能化而为气，灵花融化了却再无形骸，最终化为的水珠,是鬼灵的舍利。厉那时以为的游戏,却是身为有情之灵不得不面对的残酷。

7 如果将鬼城比作莲花宝座,芸芸鬼灵如同宝座上的花瓣,无情无义,无悲无喜,方使鬼王安享其座,成就自身。

8 温度乃情之幻象。厉王子此刻并不知道,此情乃鬼王修行路上要灭掉的最后且最难的一个障碍。

9 厉王子的情在鬼城生起时,鬼王坐在大殿里,心念所达,如领劫难。自此以后,鬼城将逐渐衰败,此过程在鬼王身上逐一显现。

10 所谓剑道,并非真正运剑之术,而是身体行为之道,此道既成,万物皆可为剑;
毒道之精髓,亦非如何用毒化毒,须知物皆有毒,毒道乃格物之道;
鬼道,驭心之道,以吐纳鬼心为法,观心戒定。此道既成,厉王子方有心性完成鬼王大念。
愿道,则为四道中最难最深之道,世间万象不过是一念之间,而"愿"之一字,是念力之因。一念成就,抑或是一念幻灭,皆由愿起。有时,事与愿违,不愿成就,方能成就。

11 时间,在无情的世界里,本无意义。孤城的子民回忆过去,往往说那一年发生了什么。时间,是故事里最清晰的轴线。但在鬼城,久远以来,并未生出"时间"的概念。当苍白的时间绵绵前行地太久了,回头看时,和一念之间没任何分别。

12 长夜如梦境。也许,鬼城的亿万劫,不过是造物者的一个念头。要知道一念之间的世界到底有多大,只要想想梦里就足够。很多时候,孤城的人觉得梦里的一切是粗糙的,因为醒来的时候已经不能记得牢靠。梦里,依然有强烈的自我,但醒来时,却不确定那个"我"

是谁。对于厉王子而言,他在鬼城的记忆,可能不过是一个精致的梦境。

13 鬼城亦有生死。鬼灵之死极为可怖,即堕入万劫不复的深渊,除了绝望,再无其它意念;相对而言,孤城的生灵则对死亡浑浑噩噩或一知半解,孤城人认为:死是安息,或是轮回的一程。他们无法体会鬼灵对于死亡的恐惧。

鬼灵安住于鬼城,既无战乱荒灾,亦无生老病难之忧。鬼灵(包括鬼王在内)的死因只有一个:鬼城灭亡。

鬼城灭亡皆因情而起。此处的"情",乃鬼灵一切心绪的波动。因而,"动情者诛"成为鬼城最高之法。

14 水银,和石头、金子一样的结构,却像水一样流转,像气一样升华。孤城的人不知道,万般物质中,只有水银不被念力驱使,不随念力转化。水银是念力疆域最大的禁忌,只有极具权势的鬼灵才能拥有。

15 "面壁池也叫王子监,除了王子,再无鬼灵需要受此责罚。穿肩而过的锁链从面壁池延伸开去,愈行愈细,最细仅如丝发,另一端则连着我的业障。每次,心念一动,拨动有如丝发的锁链一端,我的双肩上便有一股力量雷霆万钧地压过来。身体极度扭曲翻滚,淤泥拌着血和汗,搅在一处,腐臭难当。狱吏说,淤泥干涸又沤,已不计其往。如果我终于受不了那些痛,灵花就再也不会落下了吧。"

16 鬼城的星宿与孤城相反,鬼城的一轮斗转星移,孤城的时空也许逆转了亿万年。

17 "后来我才知道,那血,是我自己的。业障折磨形骸,血流出而腐,再饮进去,便不再有温度了。可是,我却偏偏用微弱的心跳去捂热它……面壁池,注定不是我修行的终点。"

18 面壁池罚受，欢喜司罚做。
前者是为看破自己，后者是为看破一切。看破别人的欢喜为空，也就看破自己的有情即是业障。

19 那是天界和地狱融为一体的虚妄之城，比天界更耽于享乐，比地狱更阴冷无望。在鬼灵眼中，孤城人像无数个被蒙住眼睛的陀螺，在火坑里不停地打转。有一样物事把孤城人困在火坑中，而不为他们察觉，即鬼城生灵谈之色变的"情"字。

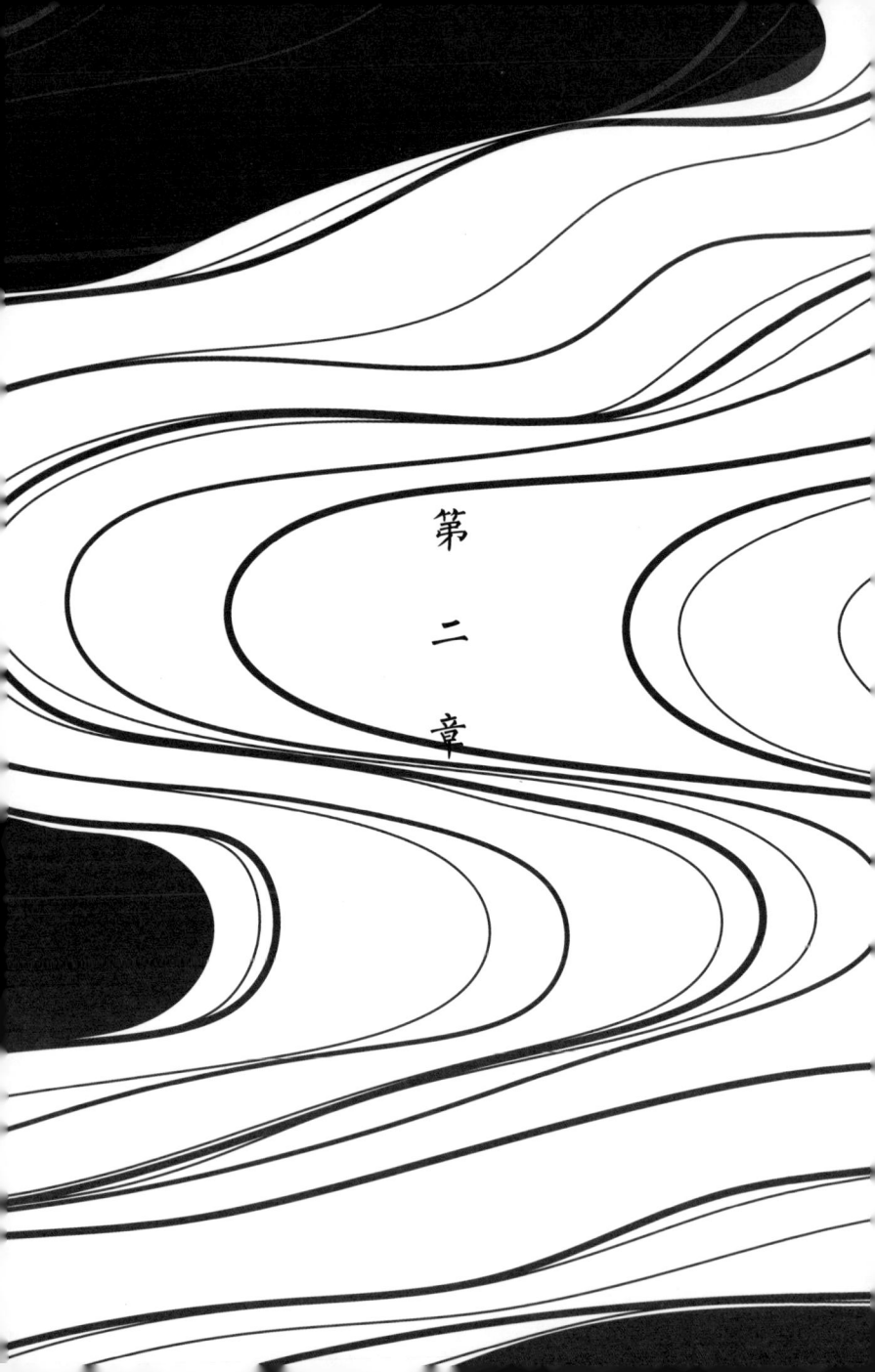

第二章

*1*

我在孤城已住了十六年。

当日我醒在深夜的坟地里,手中握着一张人皮面具,找遍四周却不见念珠。

我静下心来沉思片刻。是了,找不见才是寻常。

我寻了一处水源,戴上面具。夜色清朗,看得见水中倒影。我成了一名翩翩公子,这是父王为我在孤城缝制的皮囊。

待我想将它摘下时,已与我生为一体。

我望向天际向鬼城告别,决心接受这段未知旅程。

太阳升起,第一束阳光打在我身上,是从未有过的感觉。

像在星际里飘了几千年的尘埃落了地。

既紧张，又好奇。既温暖，又残酷。

孤城是一个不同的世界。

农人在田里耕种，羊儿在山坡下吃草，草木悠悠生长，人心勃勃跳动。处处流淌着鬼城没有的生机。

只是不知这生机会将我带向何处。

鬼城没有时间，鬼灵们活在当下。孤城既有了太阳升起、落下，就有了时间，继而有了四季年轮。我用这样的方法，计算着自己停留在孤城的时间。

我很快发现，我在鬼城是个异类。来孤城更是异类。

鬼灵如果不喝血，身体很快会腐烂；正如孤城的人，不吃动物或植物的尸体，就会饿死。

我得喝他们的血才能活下来。

找到念珠，先要活下来。

孤城正逢战乱。我身处的金国在招兵买马。军营是鬼灵最好的栖身之地，遍地都是人血。

我在鬼城时养尊处优，每日有人将鲜血送来，用器皿优雅地喝。在孤城没有优雅的资格，起初喝动物的血活着；但动物的血喝不饱，而且太膻。

我第一次咬破一个士兵的喉咙，是在一场大醉之后。孤城有一种叫"酒"的好东西，喝了之后身体飘然若仙，不便之处就是醉后生不如死。

那夜我出帐篷吐了好几回。见同一个营地的士兵醉倒了，躺在地上。我去扶他的时候，摸到了他脖子的动脉，怦怦地跳动。我能感觉到鲜活的血在他体内流动，唤起了我的本能。

咬破他脖子的一刻，我的心是有疼痛感的，但随着鲜血涌入我的喉咙，流进身体里，我瞬即像动情一般，身体里充满了奇异的快感。活人的血，滚烫、有生命力。除了让我饱食以外，我还吸到了类似于天地精华的能量。

军营里每天都有人失踪。在战乱时期，这是寻常的事，无人追究。

吸食人血的那一点内疚感，很快就被快感给灭掉。

何况，我在战场上杀的人更多。

对一个自小受过训练的鬼城王子来讲，领兵打仗不是件很难的事。十六年间，我从一个小小的百长，升至了大将军。

只是念珠身在何处，我至今毫无头绪。

## 2

征战木国花了我三年的时间,攻破城门的那一刻,为了鼓舞士气,我下令屠城。

鲜血横飞,痛快淋漓。

我第一次见到朱黎,是率领大军冲进木国宫殿时。木国城主朱申已悬梁自尽,他的妹妹,黎公主,正在闺房里绣花。见有人冲进来,抬头望了我一眼,目光盈盈,并不惊慌,反倒对我有些好奇。

我心里一动,这双眼睛好像在哪里见过。

我在孤城征战十几年,几乎都在沙场与营帐里度过,很少见到女子。想不起来是哪里的缘分,誓要瞧个究竟,命人将她押至将军帐。

"你可知罪臣亲眷如何处置?"我问朱黎。

"不知。"她跪在帐下,楚楚可怜。

"剜目,削鼻,割舌,发配至荒蛮之地终生为奴。"我有意要捉弄她。

"那还不如死了呢。"

"死是便宜的,自然让你生不如死。"

"将军可愿与我做个交易?"

"你说。"

"我与将军单打独斗,若你胜了我,随你处置;若我胜了,放我与母亲出城。"

她着实吊起了我的好奇心。"公主用什么兵器?"

"不用。"

既然如此,我也不会拔出腰间的冥王剑。

我见朱黎身材娇小,只当她比武是假,一心求死是真。未料她身手轻灵,顷刻间接过我三招,于我猝不及防时对我吐了一口烟。

这香气,明明是我鬼城的"穿心散"。我运功不让毒性蔓延,朱黎就在这当口拔出我的剑,指在我脖颈处。

僵持片刻,我说:"你胜了。即刻放公主与令堂出城。"

朱黎一直凝视我的双眼,将剑撤回,抛给我一只黑色药丸。

"这是解药。半个时辰之内服用,否则穿心而死。"

"你这药从何而来?"我满腹犹疑。

"将军不必多问,遵守诺言即是。"

当晚我亲自备马车,送朱黎母女二人出城。朱母颤巍巍,看似不久于人世。行至城门,朱黎回眸道:"将军不必远送了。"

我一心想知,何人会有我鬼城毒药。骑马一路尾随,至一座破庙前。

轻推庙门,吱呀作响,惊起一两只乌鸦。

院落被废弃很久,结满了蛛网。我往庙堂里走,刚踏进去,一把剑突然刺向我,招招指向要害。正是那朱黎之"母"。

一群乌鸦被惊起,乱飞乱撞。

"大胆妖孽!残害无辜,本道今日要收了你——"朱黎之母是道士假扮的。

我拔出冥王剑与之相斗,此人剑法狠戾无比,是我在孤城从未遇过的高手。

朱黎在一旁站着,手中拿一只黑色袋子。

"朱黎,镇妖袋!"道士对朱黎喝道。

"师父——"朱黎有些迟疑。

道士道:"快用我教你的咒语,罩住他!"

"师父,我不想杀他——"

道士怒喝:"对付妖孽,岂能有怜悯之心!快动手!"

"对不住了师父——"朱黎说罢,对道士撒了一把粉末。

我有些昏昏沉沉。

朱黎拖着我的手往外跑。

翻身上我的白马,向前驰骋。

我被身后一双温软的手臂搂着,闻见一股若有若无的沉香味。这一刻我忘记了时间,仿佛回到了鬼城。

白马在城墙边停下。

月光如水,我们靠在城墙下喘气。那一刻我既不是鬼城的王子,也不是将军,我不知道自己是谁。一个崭新的陌生人。

我喜欢这个自己。

疯,自由。

我问朱黎:"刚才为什么救我?"

"因为见你第一眼的时候就信了。"

"信什么?"

"和尚的话。"

"哪个和尚?"

"我八岁时中了奇毒。御医束手无策。一日宫殿外有个老和尚求见,说能解我的毒。父皇让他一试,果然治好了。我自小喜欢奇门异法,求父皇将此人留在了皇宫。和尚教了我诸多毒术,并让我等一个人。"

"等谁?"

"他说有一日我正在闺房绣花,闯进来一个身穿盔甲的将军,那人就是我的夫君。"

"如何信了我是你夫君?"

"感觉和你,已经认识很久了。"

她此番言语,让我想起在另一处遥远的地方,灵花从树上飞落的姿态。

"方才的道士又是你什么人?"

"我师父。和尚走了不久,又来了个道士,见我天资聪颖,要传我武功。木国被攻占之前,师父对我说:此次灭我国的是个妖孽,要我帮他除妖。如此这般地嘱咐我。"

"你知道我是将军还是妖孽?"

"我不管。我只当你是我的夫君。"

孤城的星空比鬼城多了静谧,少了诡异。星辰是一样的美。我自小跟玄武长老学习观星象,熟悉天区中的每一座星宿。

我拉着朱黎的手坐在星空下,给她讲每一座星宿的来历。竟然发现,孤城的星座运行方向与鬼城相反,就像从镜子里看鬼城。

也许,鬼城就在天空那道屏障的另一面。

忽然想起父王的话:孤城经历的一切,都是一场梦。

我一介鬼灵,第一次尝到了人世间情爱的欢愉。这个梦如此真切,我一万个不想醒来。

## 3

我将朱黎带回军营,好生安顿。

从没有过这种感觉:想见一个人,见不到,心中像猫爪挠抓一样;或是心中干渴,那个人是水源。

我每日几次去探望朱黎。她是败军亲属,军中颇有微词,因忌惮我,只在背后悄声议论。

我自然不把闲言碎语放在眼里。

"将军,你不怕那木国公主亲近你,是为了复仇?"有一日,副将这般问我。

"复什么仇?"

"国恨家仇。你灭了她的国,毁了她的家,杀了她的兄长。"

在我眼里,只有儿女情长,哪有国恨家仇。

"副将多虑了。"我冷冷道。

大军回朝在即,我有意将朱黎带走。

我们坐在营旁的河水边。

水像镜面。城墙的倒影如画,一轮满月在水中散着柔光。

"朱黎,你可愿随我回金国?"

"将军,你可愿随我浪迹天涯?找个世外桃源,安心度日。只要离开军营,哪里都好。"

她一双眼睛毫不回避,所言非假。

"你是怕军中将士对你不利?放心,有我在,任何人也休想伤害你。"

"厉将军是不舍得放下荣华富贵么?"一双眼睛在月下含泪。

我想告诉她,我要每日吸食活人鲜血,没有任何地方比军营更为便利了。此话却怎么也说不出口。

我走到水边,将水中的城墙与月影轻轻打碎。听见朱黎从身后走近的声音。

"罢了,就随你去吧。"她的眼泪落下来,从水中看,像一串散落的珠子掉进水里。

我的心疼得受不了。抱住她,让她听我的心跳声。

军营里有黑影闪过,不像是将士。我对朱黎道:"别动,在这等我。"追了上去。

追到大营外,那人突然转身,拔剑与我格斗。正是那破庙中的道士。

道士剑法着实厉害,我没有把握赢他。

"朱黎,快过来帮师父——"道士对我身后喊。

我心里突然生了疑虑。想起了副将的忠告。

我想象着朱黎站在我身后,手中拿着一只黑色的袋子。

那样不如让我死了吧。

我不敢回头。

道士又喊:"朱黎——快念咒语!"

我猛然转身,身后空无一人。

道士就在这个空当,一剑刺入我的右胸。

鬼灵的心脏生于右侧。他的剑稳稳地扎入我的心脏。血喷出来。我倒下。

道士拿出镇妖袋,正要对我念咒语。

一个身影闪过,扬手朝道士撒去一把烟灰。

道士哈哈笑道:"朱黎,你以为师父能再着了你的道吗?"

朱黎拿起我的剑连连刺向道士,用搏命的招术。

道士只守不攻。"朱黎,我不想要你的命,你速速退下,待我捉了那只妖。"

朱黎道:"那就先杀了我。"

道士怒:"你是人,岂可对妖擅自动情!再不知悔改,本道连你一起除掉!"

朱黎道:"让我先杀了你这老道——"

道士怒吼:"你为了一只妖,竟然欺师灭祖,待我替天行道!"剑花舞成了一团,剑剑刺在朱黎身上,鲜血飞溅。

军营那边传来急促的脚步声,将士们正朝这边赶来。

我听见副将大喊一声:"何人?"

道士身影一闪,消失在夜色里。

朱黎昏迷在血泊中。

副将把我扶起来,对朱黎怒喝:"果然是贼子!来人呐——把这木国奸细拿下!"

几名士兵过去,将朱黎绑起。

我已气若游丝,用尽全身力气也不能开口。

心中如万箭穿心,连自己心爱的女人都保护不了。

## 4

等我醒来,已在将军帐中。

见副将在旁。

我问:"朱黎现在何处?"

副将道:"已经将她斩了。"

我大怒,双目瞪得猩红。

"没有本将命令,谁人敢斩?"

副将道:"那木国奸细,人人可诛之。属下下令将她斩了。"

我血脉贲张,起身拔剑刺向副将。

副将向后退去,大喊侍卫:"将军失疯了,快把将军扶住!"

几名士兵上来架住我的双臂。我心中发狂，想食血的饥渴让我不能自制。

我一口咬住士兵的脖子，狠狠吸血。

身边士兵皆不能幸免。

营中大乱。

此时，道士出现。对副将说："本道所言无虚，将军着了疯魔了。"

副将急问："现在怎么办？"

道士说："待本道将他收服。"

上前用金丝索将我捆住。

营帐外架起了一堆几人高的柴木，朱黎双手被缚，捆在柴木顶端。

道士对副将道:"将军之所以疯魔,皆因此女,待本道做法事将其烧死,将军便可还魂。"

副将道:"快烧!"

我痛极大喊:"朱黎——"

朱黎一身是血,垂垂将死。

我疯了一样对着副将嘶喊:"放她下来——她是人——我是鬼!我是妖!你们把我烧了吧——"

道士在一旁念毕咒语,对副将说:"点火。"

一只火把将柴木点着。火苗迅速地往上蹿。

朱黎睁开眼睛看见我,眼神里并无恐惧,满是哀伤。笑着对我说:"将军,来世再见吧——"

火苗将她吞噬的一刻,她的眼泪像珠串一样滴落下来，溅在火花上，就如灵花落在我的掌中。

瞬间化为乌有。

我的心被掏空了。

如死了一般。

道士拿出镇妖袋，口念咒语。我感觉自己被吸进了一个黑暗的屋子，孤独，冰冷。我知道，等到天亮太阳出来时，只要将我在阳光下一晒，我就魂飞魄散了。

那时，我就会像游魂一样，永远堕入孤城。

## 5

"厉儿。"苍龙长老从未这样慈祥地叫过我,"鬼王将自己最钟爱的幼子,送去孤城走一遭。为将情字灭掉。

"若灭了情,将是你的慈悲。"

*1*

孤城已不再是当初的孤城。

除了酒肆的招旗千年不变地飘展之外,孤城已面目全非。

我找不见金国的城门。这里的百姓无人听说过金、木、水、火、土五国。

此时,五国尚未诞生。

我醒在了与朱黎相遇的一千年前。

那日——

大雨不知下了多久。

雷声闪电骤然袭来,将我惊醒。

我猛地起身。

我又回到了当初来到孤城时的坟地。一切像没有发生过一样。

真如做了一场梦。

可是——

剑伤与心口的伤都在。我重重击了一下,疼得在地上翻滚。

朱黎——我在黑夜中嘶喊她的名字,借着大雨的掩饰尽情流泪。

直到雨停歇。

我蹒跚来到河边。水面的镜子里,映出一个长发凌乱、满面胡须之人,那张皮囊还在,却如行尸走肉一般。

耳边响起父王的话:"念珠不灭,你永不能回鬼城。"

但我此刻身心疲惫，无力去找念珠。

天蒙蒙发亮，星辰淡然褪去。

此刻的鬼城，像一个正在散去的梦境。

我感觉到虚弱。需要喝血补充元气。

四周寂静无人。有老鼠不时从坟堆里钻出来，迅即钻进另一个洞里。

我死死地盯住它们，突然飞身将其擒住，咬断脖子吸食鲜血。

坟地里很快丢满了老鼠的死尸。

我仍感觉虚弱。想吸人血的欲望难以抑制。

往集市中走。

清晨，人烟稀少。

一个卖豆腐的小贩，挑着担子去赶早集。

刚走进一条巷子，就被我擒住。

小贩挣扎，豆腐撒了一地。

我咬住他脖子的一刻，竟然不忍心。

终于咬下去。心中比任何时候都疼。下口比任何时候都狠。

吸完之后，我瘫倒在地上。

想起父王的话——你在孤城会日渐衰弱。

衰弱时，我体会了他人的弱小与无辜。

同时，心中的魔蠢蠢欲动。

好在有酒。

酒是好东西。

能解千愁。

我终日在酒肆买醉。耳边扫过不少天下事。

如今的孤城有十二个诸侯国。我身处之地为子国,城主中山君,礼贤下士,宽厚仁爱,百姓好生爱戴。

一日,我在酒肆里喝得大醉,倒在集市的路边。

听见马蹄声踏近。有鞭子抽到我身上,一人呼喝道:

"滚开!叫花子!别挡了我们公子的道儿!"

一辆富丽堂皇的马车正要经过。我手中酒壶被打飞,滚到了车轮前。

我急急翻身扑过去，抓住酒壶的一刻，马蹄与车轮从我身上轧倾过去。马车一阵颠簸，悬悬将倒。

车上传来一道清脆阴冷的声音：

"谁人阻道。斩。"

从车旁闪过两名武士，一语不发，长剑刺向我。

我侧身避过，懒得拔剑。

武士穷击不舍，定要将我置于死地。

避无可避时，只好还手。

剑尖飞处，两名武士倒下，鲜血溅到我的脸上。

瞬时酒醒了一半。

一道白色身影从马车里飞向我，是一名清俊的白衣公子。

剑法凌厉,毫不留情。

我带着心口的剑伤,将将与之打个平手。

未斗得几招,那人忽然飞身跃开,站在几米外冷冷看着我。

我恍惚了一下,觉得这位公子好生面善。只是眼神阴晴不定,难以捉摸。

他似乎不愿久留,弃车上马,飘然离去。

我低头看,好在酒未洒了许多。

我继续游荡在集市上,感觉身后有一双眼睛盯着我。

并没在意。谁会关心一个乞丐呢。

傍晚,是我的觅食之时。

我拿着酒壶倒在出城的路上。

从我面前走过一个老人,我没有动。

走过一个壮年男子,我犹豫了一下,还是没有动。

来了一对母子,那年轻母亲把孩子抱在手中。嗅到世上最新鲜诱人的血液,我的心狂跳,紧紧跟着她们。心里却在猛烈地搏斗。走了很久,终于停下来。

不远处有个烂腿之人,拄着拐杖一点点往前挪。

就是他了。

我在破庙里吸血。一个人影闪在我面前。是个中年男子,一身青袍,儒雅中带着威严。

我没有停下。

那人平静地看着我。待我将最后一滴血吸尽,递给我一方洁净的丝绢。

我接过来,擦掉嘴边的血。

感觉此人并无敌意。

那人开口道:"你叫什么?"

"厉子。"

"从哪里来?"

"鬼城。"

"鬼城在何处?"

"虚空对面。"

那人微笑道:"虚空对面皆是虚妄。"

我一愣,此人出口不凡。

他又道:"你有剑伤。可愿到我府中养伤?我每日可供你源源不断的活人鲜血。"

我心里一动,道:"你竟不厌弃我吸食人血?"

"世上奇才,岂有无怪癖之理。"

我心中有几分讶异。"无功不受禄。在下需要做什么?"

那人道:"本王门客三千,独缺公子这般异才。"

我一惊:"你是谁?"

"中山君。"

## 2

原以为自己会一直混下去。

掉进混沌里不愿出来。

中山君的出现,像在一个垂死之人心中洒了一点星火。

我不知道这点星火是什么,更不知烧向何处。

我成了中山君的门客。

他有门客三千。也许我是最怪异的一个。

诸侯府有两件好处。酒与人血。

酒是百年难得的上等佳酿。相比之下,酒肆之流,寡淡如水,再难以下咽。

至于人血。中山君果然没有食言,每日派人将活人送至地窖中。那些人身穿囚衣,想是从深牢大狱中提来。

我心中感叹：侯门深海，真乃醉乡。

中山君行踪不定，常常不在府中。

某日，我被招至静室。耳无杂音，只有风声。

中山君端坐在几前，神情如水，正在独自饮茶。

我在他对面落座。

"厉公子，在府中可安好？"

我饮一口酒："好。"

"伤势如何了？"

"已然痊愈。主公有何事吩咐，请讲。"

中山君淡淡一笑。

递给我一只细致的茶碗。

我饮了一口,茶味苦涩,不知比酒差了多少去。

中山君道:"茶可静心,酒可乱心。公子选哪个?"

我脱口而出:"酒。"

中山君笑道:"甚好。你饮酒,我饮茶。"

我二人在殿中自斟自饮。

许久,听到有人报:"公子归来——"

门打开,进来一名白衣公子,竟是集市中与我交过手的那位。

"父王。"公子跪拜,双手呈上一尺见方的匣子。

中山君打开,仔细查看之后问:

"雨公子继位后，卯国上下如何？"

"如父王所料，大势已定。"

中山君击掌，微微一笑。

此时白衣公子看我一眼："父王，此人怎会在此？"

中山君笑道："本王新收了一名剑客，名曰厉子。"

白衣公子冷冷地打量我。自从第一次在集市中见到他，就觉得此人甚为熟悉。想不起来在哪里见过。

中山君道："无双，你回来得正好。明日你和厉子一同去为本王做一件事。近日子国出现一只三头怪兽，在城门附近游荡，已有不少子民身受其害。你二人去将它杀了。"

令我自行部署，次日出发。

当晚，我久久不能入睡。脑中一直在回想白衣公子的面容。似乎快要记起他是谁,却又隔了一层纸。
次日傍晚,我带领几十人马出城捕杀怪兽。双公子仍是一副白衣装束,一言不发,在我身后紧紧跟随。

到得城门外。我已部署好一切,命人带了十几桶鲜血洒在城门附近,令伏兵在一旁待命。

怪兽果然现身。是一只两人高的巨兽,三头六角,面目狰狞。我用军中杀敌的方阵对付它,先射箭,再用硫磺火攻。

怪兽身上着起大火,直冲进箭队,徒手将几名士兵撕成两半,带着火势朝树林那边逃去。我策马前追,双公子紧随我身后。

追至丛林边,怪兽突然回身,用头顶的尖角朝我刺来,险些挑起我肩上一块皮肉。双公子飞身上前,举剑拦住怪兽。我一剑挥去,削掉它的一只头颅。怪兽尚未毙命,发起癫狂,浑身大火朝双公子扑过去。不知怎地,他竟然不知躲闪,满脸汗珠,摇摇欲坠。怪兽一把将双公子抓过来,举在手中就要撕碎。我心中一紧，上前砍下它第二只头颅。双公子从怪兽手中飞出，远远地摔在地上。

那怪兽仍未毙命，直到我将他第三只头颅砍下，才轰然倒地。我见那头颅滚在地上，竟是人假扮的。

不远处，双公子倒在地上，双目紧闭，长发散落开来，明明是个女子。

我心口被狠狠撞了一下，失声喊道："朱黎——"

方才明白，为何觉得双公子像一个人。

我心中又是疑虑，又是担忧。抱起她一跃上马。又闻见一股似曾相识的沉香味。

马蹄飞驰，听见了心中弦乱的声音。

从未觉得一条路如此漫长。怎也到不了头。

## 3

到得诸侯府,我抱着双儿翻身下马,冲进府中大喊:"御医何在!"

中山君出现,一袭素袍,静如止水。

我急道:"双公子昏迷了——"

中山君看我一眼,似乎将一切都尽收眼底。

将手指搭在无双脉上,淡淡道:"君子不可无态。"在她人中、天突、百会穴位上各击一下。动作如行云流水。

见无双悠悠转醒,我一颗心才缓缓放下。

议事厅中。

我向中山君回禀:"主公,今日将那怪兽击毙时,发现乃三个人假扮。"

中山君淡淡道:"本王早已知晓。那怪兽正是本王派人所扮。"

我方知,中山君不惜牺牲门下最得力的三名武士,只为试我的身手。我觉察到这位面目儒雅的诸侯王心中的残酷。

中山君道:"天下之大,诸侯割据。战乱不止,民不聊生。厉子,你可知本王心愿?"

"主公请讲。"

"本王有意一统天下,令百姓安居乐业。为此十几年来苦苦寻觅贤才,终于等得你出现。"

"主公有三千门客,为何等我?"

"你天赋异禀,异于常人。厉子,你可愿助本王一臂之力?待天下一统,本王为你加官封爵,荣华富贵享用不尽。"

"主公要我做什么？"

"为我铲除异己。"

一统天下之路，白骨皑皑。

我本已厌倦杀戮，却拱手道："在下领命。"

我甘愿为中山君卖命，只为无双。

我心中记挂着无双。

天色已晚，房中无人。

听见后院隐约传来笛声。

我循着笛声，走至府中的一片竹林。远远见一名女子，长发垂腰，于石阶上，正在用笛子吹奏一曲《广陵散》。此曲用古琴弹来有肃杀之声，笛子吹来却另有一番风韵。

笛声悠扬凄婉。我听见无尽的孤独、哀伤,还有似有若无的思念。

那无双恢复女装之后,与朱黎有八九分相像。只是朱黎双目含情,这双眼睛深邃幽怨。

待我走近前去,还是忍不住叫了一声:"朱黎——"

笛声停下,无双定定地望着我。感觉她脱下男装之后,也一并脱下了那个冷漠的皮囊。

我问道:"你的伤势怎样了?"

"无碍。今日亏得公子相救。"

"双姑娘……可是怕火?"

"自幼怕火。"

我忍不住道:"姑娘的相貌神色……让我想起一位故人。"

"怎样的一位故人?"

"我的心爱之人。"

"已经去世了吗?"

"是。"

"她怎么死的?"

"被火烧死。因我而死。"我心中一痛,仰头喝了一口酒。

无双眼神发亮:"公子酒不离身,因为想念她?"

"有些东西忘不掉,只能放进坛子里,泡在酒中。"

她道:"月色正好,愿听公子道来。"

我将那段情埋得太深,轻易不敢牵动。不知为何,竟鬼使神差地讲述起来。

听我讲完，她欲言又止，终于道："那朱黎若知道你如此痴情，九泉之下想必也十分欢喜。"

举起笛子："我为公子吹奏一曲，以和去日之情。"

月色下，见她双目舒展，嘴角微微上扬。全无平日的冰冷之态。

我竟看得痴了。

原以为不会再动情。未曾想已死去的心，又被牵动。

笛声在夜空里悠悠荡荡，传向一处未知的所在。

## 4

我去午国执行中山君的任务,回府已是半月后。

见悬挂"辰"旗帜的马车张灯结彩地驶进诸侯府,像在运送什么物事。

辰国乃孤城最强大的诸侯国之一,东邻子国,十几年来,两国或战或和。

我询问统管,府中发生了何事。

"公子还不知,府中有大喜之事,那辰国公子不久后要来迎娶双公主。这些都是聘礼……"

我心中不信。

后殿。我将午国国师的首级呈给中山君后,问府中发生了何事。

中山君道:"本王已将小女许给辰国公子,两国联姻,共商大计。"

我还是不信:"无双可有反对?"

"父母之命,何来反对!"

我去后府寻无双。庭院紧闭,拒不见客。

这本是个天大的误会。一切都是我一厢情愿。

三日后,辰国公子燕斯来子国纳亲。

诸侯府大设歌舞酒宴,迎接辰国公子。

那日我在席中。见燕公子相貌英俊,举止贤雅。心中说不出的滋味。

无双一身富贵华服,坐在大殿正中,用笛子吹奏了一曲《雉朝飞》。粉黛轻施,峨眉淡扫,是我从未见过的娇艳之态。

燕公子的一双眼睛从未离开过她半寸。

无双望向燕公子,亦是秋水盈波,情意绵绵。

一曲毕。燕公子击掌道:"几年未见,双公主更添妩媚,有如天人。"

我表面不动声色,心中荆棘遍布,被千军万马踩踏。

脑中不断浮现无双望向燕公子的眼神。如乱箭穿心,使人发狂。

我持剑跃入大殿正中。一言不发,弹剑作歌。

一曲毕,我用剑指向燕斯:"燕公子可愿与在下舞剑助兴?"

我望向无双。见她一双眼睛只盯住燕斯,瞧也不瞧我。

中山王则不动声色,把一切都掌控在一双眼睛里。

燕斯缓缓起身。走到殿中。

拔剑。

剑尖相对,只差毫厘。

我们对视了一眼。同时将剑刺向对方。

我第一招就下了杀手。

燕斯一震,连忙回剑。

其实我只是虚招。

诱他将剑刺入我身体。

我倒下时,死死盯住无双。

她瞧了我一眼,目光冷冷,看不出任何波动。

这双眼睛才是一把刀,刺入我心里。

## 5

两国定了良辰吉日。一月后,辰国公子将来迎亲。

我终日将自己灌得烂醉。

有一日。梦里,灵花又开了。

我在树下等父王。

想见他一面。听他对我说一句责备的话,哪怕看他恼怒的表情也好。可是怎也等不来。

狂风大作。满城的灵花从树上飘落下来,将我埋了起来。我的体温将它们化成冰水,寒冷刺骨。

我苦苦等着,仍不见父王的身影。

我对着鬼城的宫殿大喊:"父王——请让我见你一面——"

我只要见了父王,就会相信孤城是个梦;否则太久了,以为鬼城才是个梦。

父王没有回我。

醒来时,发现自己躺在竹林中。恍惚中看见无双走近。

我还沉浸在梦里的悲伤。冷冷问她:"你来做什么?"

"来看看你的伤。"

"我的伤,你看不见。"

"你怎知,我看不见?我伤你多深,也伤自己多深;你认出我时,我也认出了你。"

我呆住了。如坠云里雾里。

"那日你喊我'朱黎'时,我就知道,我等的人来了。在梦里,总有一个人叫我朱黎——

"我常做一个梦,被大火烧死。我对一个人说'将军,来世再见吧'。我看不清他的相貌,但我第一眼见你的时候，就觉得熟悉。"

她不像是诓我。

"厉公子，你不明白吗，这一世就是我们的来世。"

一千年前的来世——

像个梦。

我看见无双的眼泪，一下酒醒了。

"竹林那日你就认出了我，当日为何不说？"

"大恩未报，还有一件事未了，不能说。"

"何恩？"

"我幼时战乱逃荒，身染重疾，快要饿死时，是中山君救了我。将我收为义女，悉心栽培，视如己出。"

"这些年来,你一直为他做刺客,为他一统大业扫清障碍?"

"是。"

"你不喜欢杀人,对吗?"

她沉吟一下:"对。"

"所以你把自己伪装成一个冷面之人,才下得了手。"

"是。"

我心中生起一阵怜惜。

"你方才说,最后一件事是什么?"

"孤城十二诸侯国,父王如今已操控大半。目前能与子国抗衡的,只有辰国。若将那辰国灭了,父王天下既得。那辰国城主齐阳君心缜密,父王一直没有把握。于是定了一计：我大婚之日，就是攻打辰国那天。"

"如今大事未了，为何说了？"

"你每日烂醉如泥，我担心，你等不到我回来的那天。"

我心中一动："若有一日大功告成，你可愿与我远走高飞？"

无双道："我若走了，父王可会伤心？"

我握住她的手。"双儿，有一个人曾经求我，与她浪迹天涯，我当日贪图军营中的好处，并未随她去。如今我懊悔莫及。今日，我想问你，可愿与我浪迹天涯，找个世外桃源，安心度日？"

无双听了这话，眼泪像珠子一样滚落下来。

忽然理解了当日朱黎的那番心情。我将她抱在怀中，黯然道："也罢，就随你去吧。"

*6*

静室。

只有中山君与我二人。

中山君道:"茶可静心,酒可乱心。厉公子选哪个?"

"茶怎讲,酒怎讲?"

"苦海无涯,回头是岸。若将情字放下,今日喝茶;若愿溺死在情海里,自然是喝酒了。

我想了一下:"酒。"

中山君道:"本王给你讲个故事。有个王子,自小得了瘾症。人人都见那是泥沼,只有他以为是清泉。王子不肯出来,旁人越拉,陷得越深,只好等王子自己醒来。"

我道:"以我看,除了王子外,人人都得了瘾症。"

中山君道:"泥沼中有毒气,所以王子日渐消瘦。"

我道:"若然如此,瘦到皮囊空空,他自然会明白;若他认定那是清泉,谁人阻拦也不成的。"

中山君看了我一眼,目光灼灼。

我道:"情是我的泥沼,天下是你的泥沼。主公此刻可愿停手,不去灭那辰国,还双儿一个自由身?"

中山君勃然大怒:"大胆——"他定力果然非同寻常,顷刻间冷静下来,"厉子,有你相助,本王的计划万无一失。"

无双大婚之日,辰国公子的迎亲队伍天未亮即到达子国。

中山君亲自护送公主出嫁。辰国举国欢庆,百姓争相目睹子国嫁公主的气派。

嫁妆的马车长得望不到边。这头已经进了诸侯府，那头恐怕还未进城。

齐阳君亲自在诸侯府外相迎。我一下马车，就过来拱手相迎。中山君早已教我如何应答。此刻，我扮成中山君的模样，而真正的中山君在何处，我并不知晓。

子国运嫁妆的马车，驶入辰国诸侯府后殿。

大婚在正殿进行。燃烛，焚香，鸣爆竹，歌舞礼乐齐声和起。按照辰国风俗，燕公子在拜堂时掀开新娘盖头。见他满面红光，喜不自禁。

我坐在齐阳君身侧，听见他心中的弦紧紧绷着。
我望向大殿，寻找中山君的身影。

行酒时。喜婆上前，要为我斟酒。齐阳君将酒壶接过，亲自为我将酒杯斟满。我一饮而尽。

酒一下肚，我便知有毒。此毒不能将我毒倒，只是头晕目眩。我见双儿神色一慌。

此时，齐阳君对身旁的武士使了个眼色。武士正要领命，只见燕公子做了一件奇怪的事，拔剑向齐阳君刺去。齐阳君毫无防备，被刺中左胸，一剑毙命。

燕公子将面具摘下，竟是中山君。

他割下齐阳君的头颅，亲自悬挂于城墙上。

辰国大乱。

埋伏在马车里的刺客，与城外骑兵里应外合，中山君将辰国稳稳纳入囊中。

我在战场中寻见双儿，拉着她的手跃上战马，待远走高飞。不知为何，脑中忽然浮现一阵咒语声，我眼前一黑。

# 7

醒来时已在子国地窖。

石门大开,见中山君亲自押解一名囚犯进来。那人头被布盖蒙住。

中山君道:"厉子,你日日饮人鲜血,你认为何人鲜血最诱人?"

我一愣。

他道:"乃你心爱之人。"

中山君摘下那人头罩,是双儿。她双手被缚,被破布塞住口,讲不出话来。

竟又是此般结局。

中山君道:"茶可静心,酒可乱心,厉公子选哪个?"

我冷冷道:"茶怎讲,酒怎讲?"

"公子将情缘了断,与寡人一起去喝茶;若执迷不悟,你二人只能一同葬身于此了。"

我望了双儿一眼,她眼泪掉了下来。我道:"酒。"

中山君冷眼看着。"情之深,痛之切,寡人今日便叫你们体会这切肤之痛。"挥剑向双儿脖颈处抹去。血流出来。

我刚想冲上去抱住双儿,中山君挥剑将我拦住。我从未与中山君过招,此次一出手,便知他武功深不可测,我不是对手。

中山君一剑剑划过,双儿血流如注。

我一剑刺入她的胸膛。

我见双儿的眼泪掉下来,被烛火映在墙壁上,像一串散落的念珠。

想起似曾相识的眼泪,散落水里。

突然明白,父王让我找的念珠为何物。

双儿望着我,似乎在说:"来世再见——"

又是一世轮回。每一世都会遇到她。斩不断,永远回不到鬼城。

我对双儿一字字念道:"来世不要再见,如果相见,也和你再无情缘。"

双儿哭。我突然笑了。念珠是情,断了又怎样!

"你心中之魔,昏昏久睡,是它醒的时候了。"中山君向我缓缓伸出手,"让它出来吧——"

我想回鬼城去。我要知道,父亲为什么要我断情。

我现在断了!回来找你。

我去了。隐约听见中山君在说:"不疯魔,怎成佛!"

*8*

"厉儿。"玄武长老指着天际对我说,"看见那颗鬼烟星了吗?你循着它的方向,就能找到你自己。

"你可记得,在鬼城时,长老们传你的道法!"

第四章

*1*

从坟地醒来时,我下了决心:这一次定要断了念珠,回到鬼城!

心中有个直觉:我看到的第一个生灵,将带我找到回鬼城的路。

走在城中。无人。

在城的边际处,我看见了那个小孩。

一个十四五岁的男孩,正在吃婴儿。

将婴儿的皮肉骨血一并吃下。吃得并不快乐。

我站在他面前,一动不动。

他抬头。一张清秀的脸,长得像朱黎和双儿。

我魅笑。心中已知他是谁。

那孩子见到陌生人,目光惊恐。看清我的脸之后,忽然咯咯大笑:"原本我是真国最丑的人,想不到来了一个比我更丑的——"

我问他,"你叫什么?"

"浪子。"

"你为何吃婴儿?"

他惊呆,像看一个怪物:"修道啊。师父让我吃足一百个婴儿。这才是第五个。"

我道:"你以后不要再吃了。"

"为何?"

"你的师父在害你。"

"真国人都吃婴儿。"

我心道：此处真乃妖城。

我问他："为何城中空无一人？"

浪子斜眼看我："你都没有进城门。"

城门在悬崖处。

崖下是一潭湖水。

他拉住我的手说："跳吧。"

我一直下坠。湖面像两扇大门突然打开。

## 2

这是我见过最丑陋的城。城中人的相貌奇丑无比。他们见到我和浪子,也像看见世间最丑陋之物。我才明白,真国是以丑为美。

我让浪子带我去见师父。

他道:"不好!我今日未吃满三个婴儿,师父要罚我!"转眼钻进一户人家。偷来一个婴儿。

我阻止他。让他将婴儿还回去。

婴儿的父母醒了,用笤帚打我,大声咒骂:"你这个妖怪!我们生下孩子,就是被吃掉的——"

我心道:这里的人都疯魔了。

浪子带我去僧堂。

国师在讲法。在我听来全是恶法。
国师道:"尔等要修炼成高僧大德,每天要做十件好事。"每件好事都是恶事。

台下坐满了丑人,个个面目虔诚。我明白了。这是一个颠倒的国度。

国师宣道:"做法开始。"

见有十几名祭司,抬来一个巨大的炼炉。有无数个婴儿洗刷干净,摆在那里。众人顶礼膜拜,只有我站着。

国师看见我,大怒:"如此奇丑之人,如何进得我真国。此乃恶毒之人,快将他诛杀!"

密密麻麻的祭司涌上来,摆出一个一百零八人的阵。

我心知,在此城池,我才是异端。今日不是你死,就是我亡。

我拔剑。就在此刻,如梦初醒,记起了四大长老传我的道法。

朱雀长老传我愿道时曾说：只要你真心发愿，必能实现！

我发愿：这样一个疯魔的城池，必须将它灭掉！

我用鬼道，念咒语呼唤那些护持我的恶灵。每念一句咒语，剑的威力就会加强。

杀。魔性大发。血流成河。

我毁了整个城池。

在人堆里，看见躺着的那个小孩。长得像朱黎和双儿。我走过去。闻见一股熟悉的沉香味道。

他奄奄一息，看见我，笑了。眼泪像念珠一样，啪嗒啪嗒地往下掉。

我道:"谢谢你,让我灭了这个城。"

我杀死他的一刻,劈开了虚空。我以为,鬼城的门就开了。

我错了。我还是回不了鬼城。

我已全身无力。就这样腐烂于人间吧,成为一个永远堕入孤城的游魂。

我突然一阵轻松。掉下一滴眼泪。

这一刻,鬼城的门打开了。[1]

注释

1　当厉王子接受"回不去"的一刻,鬼城的门开了。
厉王子历尽千辛万苦找到念珠,并将它"灭掉"时,心中仍抱有执念——回鬼城。真正使鬼城大门打开的那一念,是"放下"。

第五章

鬼城没有变。

是我的心变了。

如今所见与记忆中截然不同。[1]

当初,满城灵花随风飞舞。

如今,鬼城是一座死城。[2]

耳旁无风。

风不动,心不动,哪有灵花飞落。

皆是以一双有情之眼,看见的幻象。

殿门开着。远远望见,鬼王站在殿中,我看不清他的脸。

走近中,见他面容不停变幻。忽而狠戾,忽而虚弱,忽而慈祥。

哪一个才是鬼王。³

我莫名笑了一下。

怒了,他是魔鬼。

自在,他即是佛。

我停下。

此刻,鬼王是个素净的和尚。手中拿着那串念珠。

"厉子,孤城一梦,别来无恙?"

我道:"没有不同。"

鬼王一笑:"你可知,当初父王为何让你去孤城灭掉念珠。"

"念珠是舟,舟行彼岸。" ⁴

鬼王道:"本王有八十一子,分别是本王障碍的化身。厉儿,你天性柔软,是本王成魔之路的最后一个障碍。你与父王,本是一体。"

我方才明白。当初我发现灵花可以融化时,鬼王从那一刻开始衰老。

鬼王需得以我之身,将"情"字灭掉。 5

在鬼城终究无法。鬼王让我带着念珠去孤城走一遭。

念珠化作了三世之缘。

"这串念珠是一位故人留下,那人曾是一位异国王子,云游至此,与本王一见如故。涅槃成佛前,将念珠赠予本王。[6]厉儿,"鬼王道,"如今再看,这是什么?"

我答:"幻象。"

我问父王,此去孤城多久。

他道:"虚空静止。[7] 也许是刹那,也许是永恒。只是,你受苦的时候,本王一直在看着你,其实是在看自己。"

若在从前,我眼泪早已落下。

四大长老立于鬼王身后。

看见他们在我每一世的化身。

我微微一笑。双手合十。

大殿正中,摆着八十一个座位。最后一个位子空着。

如今,我可以坐上去了。像鬼王身上掉下的一块皮,历经千辛万苦,才又重新贴回到他身上。[8]

鬼王将手伸向我:"厉儿,你来。"

我慢慢走近他,即将融入他身体的一刻,我突然将鬼王拉了过来,与我合而为一。[9]

注释

1. 此刻即彼刻。也许,此刻大殿里发生的故事,即厉王子去孤城之前的幻影。只不过,心不同,境不同。

2. 厉王子所见鬼城,乃心境投射。心念寂灭,方见真相。也许,鬼城从未有风,灵树从未落花,灵花也从未融化,没有太恒殿,没有面壁池,没有欢喜司,更没有鬼城。一切也不过是心念幻化,欢喜是一念,孤寂也是一念,当灭了情,断了念,才发现如今的心念,就是鬼王的心念,那些曾经的所见,就像轻舟过流水,舟上看时,舟行水扁,风卷水残。岸上看时,水静河悄,竟似未曾心动过,而那船已去得无影踪了。

3. 莫谓无相便是道,无相犹谓一重关。其实,这所有的相,都是鬼王的修行过往,哪一个都不是鬼王,哪一个又都是鬼王。就像灵花和灵树,万千花开,那花到底是不是有形已经不重要了。所执何种心,所见何种相。

4. 孤城的成就之法讲求"度"字,整个三乘法乃运度之法,只不过,区别在于度人还是度己,他度还是自度罢了,在孤城的修行人看来,渡河之舟乃一切的缘法。
鬼城之法与之和而不同,则更需借助外力。好比借舟过河一般,不借助舟具,便无到达彼岸之果。
鬼城并非鬼王成就之舟,鬼城不过是此岸罢了,僧人留下的念珠,才是鬼王摆脱魔性,运度最后一劫的舟。
对于鬼王来说,舟在,魔性便在,凡有相者,皆有魔性,直到念珠的相散,无相之舟的缘法才算圆满。最终厉王子一念而至。正是这放下的一念,成就了鬼王。
执念珠是成就的必经之路,放下念珠才是成就之道。此乃"念珠散"的真意。

5  鬼王实乃有情生灵，为了修成正果，用意念造了一座城池。假借幻身修行，乃鬼王悟性超凡所在。
鬼城中所有生灵，包括厉王子自己，皆是鬼王心念幻化。八十一子乃鬼王要破除的八十一种障碍。鬼性恰如人性，每一个王子的心性，鬼王并不能预先知道，每一种心性都是情，此情一旦生起，将使鬼城（鬼王）逐渐衰败，乃至灭亡。鬼王诛情，其实诛的是自己。

6  鬼王在未建鬼城之前，与一位云游僧人相遇。鬼王纳罕：见僧人如见镜中自己。二人讲法，鬼王悦服。求成就之道。僧人只授八个字："诸法无性，真用莫疑。"临行前并赠鬼王念珠一串，曰："此如彼岸行舟，一念则破。"

7  成就者最终将完成对时间的超越。在达到这样的果之前，再强大的力量也不过是时间中的流影罢了。鬼王所造的城，是"时间"的一个节点，一个闭环，它不消耗时间，但却可以让鬼灵在时间里流走，就像流水的漩涡，细部看漩涡也是动的，从河流的层面看，却是原地徘徊，未移一步。时间不动，鬼灵也不动，所有的动，都是心念的转瞬。其实，鬼城只是一念之间的寂灭之城。

8  八十一子，每一子都是鬼王自己，每一子都是鬼王身上掉下的一层皮，当这皮囊终于合到鬼王的身上，一瞬间，厉王子明白了所有的过往，所有的修行，每一个王子经历的故事，每一个鬼灵曾经的心念，鬼城里一切的故事，一切的因缘，只有他自己知道这一念之间是多少个劫。

9  想成就的心，才是世间最大的情。

图书在版编目（CIP）数据

鬼水瓶录 / 陈坤著. — 北京：北京十月文艺出版社，2015.1
ISBN 978-7-5302-1463-3

Ⅰ.①鬼… Ⅱ.①陈… Ⅲ.①故事 - 作品集 - 中国 - 当代
Ⅳ.① I247.8

中国版本图书馆 CIP 数据核字 (2014) 第 271385 号

| | |
|---|---|
| 责任编辑 | 郭爱婷 |
| 特邀编辑 | 王二若雅　徐新芳 |
| 装帧设计 | 刘天洋 |
| 内文制作 | 北京满满特丸设计事务所 |
| 责任印制 | 李远林　廖龙 |

**鬼水瓶录**
陈坤 著

| | |
|---|---|
| 出　　版 | 北京出版集团公司　　北京十月文艺出版社 |
| | 北京北三环中路 6 号　　邮编 100120 |
| 发　　行 | 新经典发行有限公司 |
| | 电话 (010)68423599　　邮箱 editor@readinglife.com |
| 经　　销 | 新华书店 |
| 印　　刷 | 北京顺诚彩色印刷有限公司 |
| 开　　本 | 787 毫米 ×1092 毫米　32 开 |
| 印　　张 | 7.75 |
| 字　　数 | 120 千 |
| 版　　次 | 2015 年 1 月第 1 版 |
| 印　　次 | 2015 年 1 月第 1 次印刷 |
| 书　　号 | ISBN 978-7-5302-1463-3 |
| 定　　价 | 39.50 元 |

质量监督电话 010-58572393

版权所有，未经书面许可，不得转载、复制、翻印，违者必究。